#travelgirl

Mehr über unsere Bücher, Autor:innen und Illustrator:innen
auf: www.thienemann.de

MARIEKE BRUNS

#travel girl

LIEBE GEHT
AUCH OHNE LIKES

Für Mama, Papa und Jonas

Wenn die eigenen Eltern
verrückt werden

Ein Jahr Reisen. Ein Jahr keine Schule. 1001 perfekte Instagram-Motive. Wenn ich könnte, würde ich mich selbst beneiden. Dachte ich.

Bis wir eben nach gefühlt tagelanger Odyssee endlich in unserem Hotel in Bangkok angekommen sind und Mum meine Frage nach dem Wifi-Passwort mit »Schatz, darüber müssen wir mit dir reden« und einem gequälten Lächeln beantwortet hat. Oder eher nicht beantwortet hat.

Der mitleidige Blick auf mein Samsung. Der Hilfe suchende Blick zu Dad. Und dann, viel zu schnell für mein gejetlagtes Gehirn, der Todesmove: Mit einer blitzschnellen Bewegung wurde mein geliebtes Handy aus meinen unvorbereiteten Händen gerissen wie ein Neugeborenes aus den Armen seiner Mutter.

»Wir halten es für besser, wenn du das Jahr ohne Handy erlebst. Ohne Instagram und, äh, Snapchat … Oder so. Einfach mal abschalten. Beziehungsweise ausschalten … Haha. Back to Basics.«

Das Einzige, was hier Back to Basics ging, war mein Hirn. Jegliches Denkvermögen ausgeschaltet.

Mit der existenziellen Bedrohung konfrontiert fokussierte sich mein gesamtes Sein nur noch auf eine Sache. Mein Leben in Mums Händen. Also mein digitales Leben in Form meines Handys. Wie ein Tiger sprang ich nach vorne und wollte es Mum mit letzter Kraft entreißen.

Vergeblich.

Mit blitzschnellen Reflexen wurde mein geliebtes Samsung von Mums Händen in die von Dad befördert und so endgültig meinen Zugriffsmöglichkeiten entzogen.

Entschuldigendes Lächeln von Dad mit zusammengepressten Lippen.

»Das kann nicht euer fucking Ernst sein!«

»Maja, was hatten wir besprochen mit dem F-Wort?«

Typisch Mum, meinen Schimpfwortgebrauch kritisieren, während ihre ganze Erziehung offensichtlich auf Lügen und Diebstahl beruht.

Normalerweise wäre jetzt der Moment gewesen, in mein Zimmer zu stürmen und dramatisch und mit viel Schwung für den optimalen Knalleffekt meine Tür zuzuschmeißen.

Mangels dieser Möglichkeit (danke, Vier-Personen-Zimmer) musste ich mit dem Bad vorliebnehmen.

Jetzt sitze ich auf dem Klodeckel und schreibe, statt Millionen Likes für meinen ersten Reise-Post zu bekommen.

Und ich kann nicht mal Rückflugtickets googeln!

Wie kommt man auf so einen Scheiß? Und dann auch noch ohne Vorwarnung. Keine Zeit, sich emotional darauf einzustellen oder sich zu weigern, in den Flieger nach Thailand zu steigen.

Ich hätte verdammt noch mal das Jugendamt anrufen können, wenn ich das gewusst hätte. Ein Herz für Kinder. Oder Mark Zuckerberg. Amnesty International.

Ich habe Rechte. Menschenrechte. Mein Zugang zum Internet muss doch geschützt sein. In der UNO-Menschenrechts-Erklärung oder so. Diese interessante, die Substanz unserer Gesellschaft berührende Frage hätte ich jetzt theoretisch googeln und damit meinen politischen Horizont erweitern können. Aber nein, dank Digital Detox kann ich stattdessen höchstens Badfliesen zählen oder Mücken totschlagen. So viel zu »pädagogisch wertvoll«.

Mum versucht durch die Tür ihre verfehlte Erziehungsmethode zu rechtfertigen:

»Wir wollen dich nicht bestrafen oder dir das Leben schwer machen, Süße. Du sollst die Möglichkeit haben, völlig frei und unbeschwert das Jahr zu genießen. Den Moment zu leben. Das richtige Leben kennenzulernen.«

Ernsthaft?

Zu Zeiten von Charles Dickens gab es auch kein Internet. Hat das den Kids in den Armenhäusern damals eine unbeschwerte Kindheit ermöglicht? Eben.

Wie soll ich bitte schön ein Jahr (!) mit diesen Verrückten aushalten, ohne über Online-Kanäle mein Leid klagen zu können? Meine Prognose: Das digitale Entgiften führt nicht zu glücklichem Im-Moment-Leben, sondern zu Mord, Totschlag und auf direktem Weg in die Nervenklinik. Aber ruckizucki.

Mist, Gustav klopft. Er muss auf Klo. Muss Schmoll-Aktion verlegen.

Vielleicht passe ich in den Kleiderschrank.

Affenhitze in BKK

Zweiter Tag in Bangkok. Temperatur gefühlt 3000 Grad Celsius. Affenhitze. Luftfeuchtigkeit: 100 Prozent. Die Anstrengung körperlicher Betätigung kann man sich auch gleich sparen und sich stattdessen direkt in einen Eimer Schweiß legen. Bäh.

Die ganze Stadt ist wie ein lauter, bunter und verrückter Ameisenhaufen unter einer Smogglocke aus Abgasen und Dunst. Lungentechnisch gesehen wahrscheinlich nicht der beste Aufenthaltsort.

Die Straße überqueren ist eine selbstmörderische Angelegenheit. Bunte Taxis, Tuk Tuks, Tausende Motorroller, die sich durch jede kleine Ritze zwischen den Autos quetschen und die gewagtesten Fahrmanöver an den Tag legen. Dazu Gehupe und eine komplette Gleichgültigkeit gegenüber Ampeln und Zebrastreifen.

Wie respektvoll mit Zebrastreifen beziehungsweise den Menschen, die sich auf besagten Zebrastreifen befinden, umgegangen wird, lässt sich ja in drei grobe Kategorien einteilen:

1. Zebrastreifen ist Gesetz. Der Zebrastreifen wirkt wie eine unsichtbare und unzerstörbare Mauer, die den jeweiligen Fußgänger schützt und Autofahrer am Fahren und Überfahren hindert.

2. Zebrastreifen als höfliche Empfehlung.
   Zebrastreifen dient als unverbindlicher Vorschlag
   anzuhalten und die alte Omi, die mit ihrem
   Krückstock über die Straße will, passieren zu
   lassen. Wäre voll nice, ist aber kein Muss. Erst
   recht nicht bei Nicht-Omis.

3. Zebrastreifen als Streetart. Oh, hübsch! Ein
   paar Streifen auf der Straße. Da können wir uns
   den Zoobesuch sparen. Beim Drüberbrettern zu
   bewundern.

Bangkok gehört definitiv in die letzte Kategorie.

Mum und ich standen heute Morgen von 8.46 Uhr bis 8.59 Uhr an einem Zebrastreifen in der bescheidenen Hoffnung, einmal die Straße überqueren zu dürfen, um im Laden auf der gegenüberliegenden Straßenseite eiskalte, kribbelige Softdrinks und Chips zu besorgen.

Wir hätten genauso gut versuchen können, mit einer Luftmatratze den Indischen Ozean zu überqueren. Nach 13 vergebenen Minuten braven Wartens am Zebrastreifen und dem Abgasäquivalent einer Schachtel Zigaretten in unseren Lungen sind wir mit hängenden Schultern zurück ins Hotel geschlurft und mussten uns mit lauwarmer Sprite aus dem Hotelkühlschrank zufriedengeben.

Dagegen kommt mir Berlin vor wie ein kleines, idyllisches Alpendörfchen. Wenn wir in einem Jahr zurück sind, werde ich wahrscheinlich jedem Autofahrer, der die Güte besitzt, an einem Zebrastreifen zu halten, die Motorhaube oder den Mercedesstern küssen.

Mittagessen gab es an einem kleinen Straßenstand. Ich habe versucht, das Thema »Smartphoneverbot – gute Idee oder Menschenrechtsverletzung?« noch einmal anzusprechen. Ich war ruhig und sachlich. Exzellente Argumente. Ein herzerweichender Appell für mehr Nächstenliebe in diesen turbulenten Zeiten. Mein trauriger Hundeblick war on point.

Aber Mum und Dad blieben hart. Einzig im Falle einer akut auftretenden und kausal durch den Internetentzug verursachten Depression würden sie das Ganze eventuell, vielleicht noch einmal ein bisschen überdenken.

»Aber Maja, wir machen das doch, damit du und Gustav *nicht* depressiv werdet. Social Media ist nicht die Realität! Immer mehr junge Menschen können das nicht auseinanderhalten und werden dann ...«

»... depressiv.« Jaja. Schon klar. Aber nur, weil es einigen Leuten safe durch Social Media schlecht geht, bedeutet das doch im Umkehrschluss nicht, dass man ohne Social Media automatisch happy ist.

Meine einzige Hoffnung scheint also starke depressive Verstimmung zu sein, die eindeutig auf Internetmangel zurückzuführen ist. Muss weiter überlegen, ob das machbar wäre. Alternativ Amnesty International kontaktieren.

Hippie-Ritas Internetverschwörung

Der Rest der Family ist unterwegs Tempel angucken. Mein Tempellimit ist längst erreicht.

Bin stattdessen am Hotelpool, trinke frischen O-Saft und schreibe Tagebuch. Ich fühle mich sehr erwachsen und geerdet. Wie eine waschechte digitale Nomadin. Nur ohne MacBook. Und ohne Blog. Oder Instagram. Oder Internet. Oder beachy, flowy sonnengeküsste Locken. Also immerhin zehn Prozent digitale Nomadin.

Tilda, meine BFF, die nun zur BTSBF – Best Travel Support Buddy Forever – promoted wurde, hat eine ganz eigene Theorie, wer meinen Eltern diesen Digital-Detox-Irrsinn in den Kopf gesetzt hat. Mum hatte mir heute Morgen gnädigerweise für ganze siebeneinhalb Minuten das Handy überlassen, die ich sofort genutzt habe, um eine Notnachricht an Tilda zu schicken. Die SOFORT geantwortet hat, um mir emotionalen Beistand zu leisten, obwohl es in Deutschland mitten in der Nacht war. That's my girl. Ich würde behaupten, meine Finger sind noch nie so schnell über die virtuellen Tasten geflogen. Auf jeden Fall hat Tilda sehr überzeugende Argumente dafür, wer das Superhirn hinter dem bösen Plan ist, mein Leben zu versauen.

Sie glaubt, dass es die Idee von Hippie-Rita war. Hippie-Rita ist die Yoga-Lehrerin von Mum und Tildas Mutter. Sie ist leicht durchgeknallt. Scherz. Hart gestört trifft es eher. Früher war sie mal Bank-Managerin. Dann ist sie zur Selbstfindung nach Indien gegangen und jetzt hilft sie anderen dabei, ihre innere Göttin zu befreien. In Berlin gibt es dafür sehr großen Bedarf.

Hippie-Rita hält »das Internet« und »den Strom« für die größten Probleme der Menschheit. Mir würden da ja noch Krieg, Klimawandel, Umweltverschmutzung, Rassismus und soziale Ungleichheit einfallen … aber okay.

Hippie-Rita hat es sich übrigens auch nicht nehmen lassen, uns vor dem Abenteuer unseres Lebens noch schnell den Support aller Reisegötter zu organisieren. Dieses superauthentische Ritual hat sie angeblich in Indien von ihrem Großmeister gelernt. Macht ja auch Sinn, sich auf die Beweihräucherung und Beschwichtigung von Reisegöttern zu spezialisieren, wenn die eigene Anhängerschaft dreimal pro Jahr mit dem Flugzeug angejettet kommt, um sich dann in Indien in Bescheidenheit, Achtsamkeit und Verzicht zu üben.

Die große Ehre der Reisegöttersegnung, der meine Eltern aus unerfindlichen Gründen zugestimmt hatten, war uns natürlich nur unter der Voraussetzung zuteilgeworden, dass wir das Wifi in unserer Wohnung mindestens eine halbe Stunde vor Ritas Ankunft ausschalten würden. Strahlung! Kein Problem. Mit dem Erklingen von Ritas Schnaufen im Treppenhaus war der Router pflichtbewusst von Dad ausgestöpselt und, sicherheitshalber, auf den Balkon befördert worden, von wo er uns dann halb vorwurfsvoll und halb verächtlich angestarrt hatte.

Zusätzlich zu einem fetten Bündel Salbei zum Ausräuchern der bösen Geister hatte es als Mitbringsel »leckeren veganen, gluten-, zucker-, palmöl-, fett- und sojafreien Kuchen« gegeben. Auch bekannt als Klump. So nennt Dad den soliden Molekülbrocken, der keinerlei Kucheneigenschaften besitzt, aus dem man aber sicher ein prima Ökohaus mauern könnte.

Nachdem befriedigende Mengen zerhackten Klumps verzehrt, beziehungsweise subtil beseitigt worden waren, war die Prozession weiter ins Wohnzimmer gezogen. Das Salbeibündel war angezündet worden. Umhergeschwenkt. Um uns geschwenkt. Rita hatte sich im Salbeinebel hin und her gewiegt wie ein Betrunkener in der U-Bahn. Erst als Gustav angefangen hatte zu husten wie ein Kettenraucher, war Mum aus dem Klump-Koma erwacht, hatte alle Türen und Fenster aufgerissen und sich überschwänglich bei Rita bedankt, um sie und ihr Salbeibündel so schnell wie möglich aus der Wohnung zu bugsieren.

Ich denke, es ist eindeutig, auf wessen Mist das Ganze hier gewachsen ist. Merci beaucoup, Rita.

So, lights off. Morgen früh fahren wir nämlich in den thailändischen Süden auf eine traumhaft tropische Insel. Sweet dreams!

Mit dem Zug
am Arsch der Welt

Wir fahren nun schon seit Stunden mit dem ratternden Zug durch die Wildnis Thailands. Saftiges Grün und roter Lehmboden so weit das Auge reicht.

Statt für ein eigenes gemütliches Abteil in der ersten Klasse haben sich Mum und Dad budgetbewusst und maximal abenteuerlustig für die dritte Klasse entschieden. Ich weiß nicht, welcher Teufel sie geritten hat, aber mein Hintern und mein Rücken sind empört. Wer auch immer diese Sitze designt hat, hat entweder nie probegesessen oder eine ganz eigene, sadistische Art von Humor.

Dafür kommen gefühlt alle drei Minuten Verkäufer vorbei und bieten Schokofrösche, Kürbissaft und Butterbier an. Kleiner Scherz. Es gibt hauptsächlich Obst und leckere Nudeln in kleinen Päckchen aus Bananenblättern. Sehr Instagram-worthy und voll nachhaltig.

Gustav spielt Angry Birds auf dem Tablet. Mum liest ganz fancy eine englische Vogue, die sie irgendwo aufgetrieben hat, und Dad ist fleißig dabei, Fotos am Laptop zu bearbeiten, wie sich das für einen ordentlichen Fotografen so gehört. Das macht er momentan sehr viel. Manchmal frage ich mich, ob er ab und zu vielleicht heimlich im Internet ist. Bisher habe ich diese Vermutung mit niemandem geteilt. Ich weiß nicht, wem ich in dieser heiklen Situation vertrauen kann. Sollte sich mein Verdacht erhärten, wird das ein Fall für den Familienrat.

I'm on a boat

Der nächste Morgen.

Wir haben die Zugfahrt überlebt, all unsere Habseligkeiten scheinen vollständig und selbst die einstündige Achterbahnfahrt im arktisch-klimatisierten Backpackerbus haben wir ohne Totalschaden überstanden. Wir haben nun endlich das Festland mit seiner üppigen Vegetation hinter uns gelassen und schippern auf einem vollbesetzten, wenig vertrauenerweckenden Kahn in Richtung Insel.

Das ganze absolut-schrottreife-verrostete-und-schwarze-Rauchwolken-in-die-Luft-speiende-Wasserfahrzeug ist voll mit vielen jungen Ritas (und männlichen Versionen von Rita). Lauter Nasenpiercings, Dreadlocks, weite Wallehosen, große Rucksäcke mit den Aufnähern verschiedenster Länder.

Frisch fertig mit dem Abi und dann einmal nice um die Welt jetten, Party machen, unter Palmen übers Leben philosophieren, aus Kokosnüssen trinken und nebenbei ganz demütig alle Zuhausegebliebenen durch Instagram neidisch machen. Pardon, an der eigenen spirituellen Reise teilhaben lassen und inspirieren. Die Zuhausegebliebenen schaufeln sich dann morgens missmutig ihre Cornflakes in den Mund und hassen alle Reisenden.

Also warten, bis ich 18 bin. Dann packe ich Tilda ein und wir reisen einfach los, sehen super aus, lassen uns Federn in die Haare flechten und posten jeden Tag mega die Travel-Inspo.

Das Wasser hat sich, während wir gemütlich vor uns hin-schippern – und so viel schwarzen Rauch in den blauen Himmel pusten, dass Greta Thunberg wahrscheinlich ohnmächtig würde –, langsam, aber sicher von schlammigem Latte Macchiato in strahlend blaues Fidschi-Wasser verwandelt. Es lädt zum Reinköppern geradezu ein.

Problem 1: Ich kann keinen Köpper.

Problem 2: Muss erst herausfinden, ob es in Thailand Haie gibt. Laut Dad: nein. Sollte aber zur Sicherheit noch mal recherchieren. Er ist schließlich kein Meeresbiologe.

Problem 3: Es scheint weder Rettungsboote noch Rettungsreifen zu geben. Also echt gute Chancen, dann wie eine verlassene Boie den Rest meines Lebens (bis entweder a) Haiangriff oder b) Ertrinken) auf dem Meer herumzutreiben.

Immer noch on a boat

Insel in Sicht! Insel in Sicht!

Das gelobte Land!

Und auch höchste Zeit.

Eine der Mini-Ritas hat vor einer halben Stunde eine Ukulele aus ihrem schmuddeligen Rucksack geholt und singt seitdem. Ununterbrochen. *Ein* Lied.

Wonderwall von Oasis.

Der Klassiker für Lagerfeuer, Straßenmusiker und Schulfreizeiten. Scheinbar auch das einzige Lied, dessen Akkorde Mini-Rita beherrscht.

Ich habe lange überlegt, mit mir gerungen und gehadert, und mich dann dazu entschlossen, Gustav vorzuschicken, um sie zu fragen, ob sie auch was Aktuelles spielen kann. Taylor Swift. Selena Gomez. Namika. I don't care.

Obwohl Gustav so süß ist, hat sie ihn nur angelacht und meinte, sie möge nur echte (!) Musik von echten (!) Künstlern und keinen amerikanischen Kaugummi-Kapitalisten-Pop.

Arrogante Kuh. Keine Ahnung von Musik. Und vor allem kein Herz, wenn sie Gustavs Hundeblick widerstehen kann.

Angekommen
im Paradies

Paradies, Paradies, Paradies! Palmen, weißer Sand, superblaues Wasser und wir haben zwei Bungalows! Mit echten Wänden und Klimaanlage. Nach dem Dritte-Klasse-Debakel auf der Hinfahrt hatte ich uns schon unter zwei Palmenwedeln am Strand hausen sehen.

Keine schlaflosen Nächte mehr, weil Mum schnarcht wie eine mammutbaumfällende Kettensäge oder es einen Schwarm Mutantenmoskitos nach unserem süßen Blut dürstet.

Nun heißt es ab an den Strand für ein fabelhaftes Abendessen mit Meerblick und Kerzenschein.

Ich hoffe nur, dass wir nicht beim Dessert von einer Kokosnuss erschlagen werden.

Strand statt Schule

Als empathischer und großherziger Mensch schwanke ich jeden Morgen beim Aufstehen, wenn ich den Blick über den Strand schweifen lasse, der Sand meine Zehen kitzelt und ich an meine armen, daheimgebliebenen Mitschüler denke, zwischen Mitleid und einer Genugtuung, die fast an Schadenfreude grenzt.

Nimm das, Nessie, du Queen-Bitch der 9. Klasse. Während dein Hintern über Schulbänke und U-Bahn-Sitze schubbert, liege ich am Strand und lebe das Leben.

Zu Hause geht jetzt die Schule los. Arme Tilda. Keine Ahnung, wie sie ein ganzes Schuljahr ohne mich überstehen soll.

Schlechte Neuigkeiten

Na toll. Da schwelgt man in der eigenen, schulfreien Überlegenheit und wird dann, Karma-mäßig wahrscheinlich erwartbar, ganz unsanft auf den sandigen Boden des Insellebens zurückgeholt.

Mum und Dad haben gerade angekündigt, dass wir ab morgen gemeinsam und voller Motivation daran arbeiten werden, bildungstechnisch in Topform zu bleiben.

Brutale Überraschung so direkt nach dem Aufstehen. Auf leeren Magen.

Mum hat uns tatsächlich gefragt, ob das okay für uns sei. Also dass die Schule jetzt auch für uns losgeht. Als hätten wir eine Wahl. Seriously! Als ob hier demokratische Verhältnisse herrschen würden.

Neue Nachbarn!

Neue Nachbarn-Alert! In die Bungalows gegenüber ist eine Familie eingezogen. Bis jetzt habe ich vier Personen gesichtet. Vater, Mutter und zwei Kinder. Ein kleiner Junge, so in Gustavs Alter, und ein älterer Junge. Ich tippe auf 16. Ein junger Mann. Sehr interessant. Sitze nun draußen auf der Terrasse und schreibe bei Kerzenschein, um besser Beobachten zu können. Observieren. Ganz unauffällig. Vielleicht sollte ich später zur Kriminalpolizei. So CSI-mäßig. Wäre ich bestimmt gut drin. Der ältere Junge, also Teenboy, sieht echt richtig gut aus. Supercute. Wuschelige braune Haare und sportlich. Braun gebrannt. Miau. Mehr lässt sich aus der Ferne und so im Dunkeln leider nicht erkennen.

Vielleicht liegt doch keine große Karriere beim CSI vor mir.

Mum kam gerade raus und hat mich ausgelacht. Sie hat gefragt, ob ich den neuen hübschen Nachbarn ausspionieren würde. Dann hat sie unauffällig versucht in mein Tagebuch zu gucken. Bodenlose Dreistigkeit.

Also wenn mir die Fähigkeit zum heimlichen Bespitzeln fehlt, dann liegt das auf jeden Fall an ihren Genen. Danke für nichts, Mum.

Geht sie überhaupt nichts an, wen ich hier in meiner Freizeit observiere. Das nennt sich Privatsphäre. Als ob ich da mit ihr drüber rede.

Mittagspause in der Inselschule

Jaja, natürlich gibt es keine echte Inselschule. Gustav und ich sitzen auf der Terrasse und lernen. Englisch macht echt Spaß, aber Mathe.

Hardcore-Kampf. The struggle is real. Außerdem ist die Schlussfolgerung, dass Mum aufgrund ihres Mathematikstudiums die Fähigkeit besäße, mathematische Probleme auf verständliche Art und Weise an die Frau zu vermitteln, absolut unzutreffend. Ernsthaft. Leider geht fachliche Kompetenz nicht automatisch Hand in Hand mit pädagogischer Kompetenz. Hab ich mal gelesen. Mum ist das lebende Beispiel. Ich glaube, allein würde ich das besser hinkriegen. Einfach abwarten. Bestimmt hat sie bald auch keinen Bock mehr.

Aber jetzt erstmal Mittagspause.

Teenboy ist auf der Terrasse, in Badeshorts und cremt sich den Oberkörper mit Sonnencreme ein. Da kann man doch gar nicht weggucken. Also Augen auf und Ohren gespitzt. Versuche noch unauffälliger zu beobachten als gestern.

Subtiles Observationsprotokoll: Objekt Teenboy

1. Sprache: Dem quakenden kleinen Bruder nach zu urteilen Deutsch

2. Familienmitglieder: Vater, Mutter, Teenboy,
   kleiner Bruder

3. Alter: geschätzt 16 (perfekt)

4. Beschreibung: Groß, athletisch, braune
   Wuschelhaare, braun gebrannt, Bayern-München-
   Fan, liest gerne. Offenbar die perfekte Kombination
   aus Schönheit und Intelligenz.

Haha. Eltern sind so lustig. Nicht. Dad hat mich gerade gefragt, ob ich mir nicht heute Abend auf dem Nachtmarkt
ein Fernglas kaufen möchte, um unsere Nachbarn auszu-
spionieren, damit ich meine Augen nicht so zusammenknei-
fen muss. Sonst sähe ich bald aus wie Oma mit ihren Falten um die Augen.

Kein Wunder, dass er und Mum geheiratet haben. Die
gleiche, völlig unlustige Art von Humor.

Andererseits ist ein Fernglas vielleicht echt keine schlechte
Idee, dann kann man das Meer beobachten, Affen, Kängurus, Krokodile … und eventuell ab und zu ganz kurz seine
Nachbarn. Auf der anderen Seite kann ich Dad jetzt wohl
kaum um Geld für ein Fernglas bitten. Nicht nach dem doo-
fen Spruch. Aber ich könnte Gustav einreden, dass er unbedingt ein Fernglas braucht.

So, jetzt gleich erstmal an den Strand und dann später

auf den Nachtmarkt. Taschen begutachten. Vielleicht eine kaufen. Dad meint, ich hätte ein Taschenproblem. Mit Problem meint er Sucht. Ich denke, lieber ein Taschenproblem als ein Drogenproblem.

Erster Kontakt

Teenboy ist auf der Terrasse. In Sportoutfit. Wie aus dem ASOS-Katalog. So hübsch. Ich sterbe.

Ich glaube, er geht joggen. Hüpft voll professionell von einem Bein aufs andere, tippt auf dem Handy herum und sucht wahrscheinlich gerade seine Spotify-Active-Boy-Playlist.

OMG. Er hat rübergeguckt, gelächelt und »Hey« gesagt.

OMG. Hat er gemerkt, dass ich ihn angestarrt hab?

Habe es trotz der kurzen Panik geschafft, voll cool und abgeklärt zurückzulächeln und eine kleine Mini-Wink-Bewegung mit der Hand zu machen. Vollprofi. Yes!

Leider hat er sich dann seine roten Beats in die Ohren gestöpselt und ist losgejoggt, statt lässig über die Terrassenbrüstung zu springen und mich in ein langes, tiefgründiges Gespräch zu verwickeln.

Sehr leichtfüßig, wie er so zwischen den Bananenstauden dahintrabt. Wie Legolas.

Epischer Observierungs-Fail

Die dumme Karma-Bitch-Göttin hat mich kopfüber und mit Anlauf in ein fettes, tiefes und triefendes Fettnäpfchen geschubst. Jegliche Eigenverantwortung für den unglücklichen Verlauf des Desasters möchte ich entschieden von mir weisen.

Hier der detaillierte Ablauf:

1. M. sitzt entspannt lesend (und minimal observierend) auf der Bungalow-Veranda.
2. Teenboy-Family verlässt geschlossen mit komplettem Strandgepäck den Bungalow.
3. M. sieht, dass Teenboy Zeitschriften und Buch auf Bungalow-Terrassen-Tisch hat liegen lassen.
4. M. erkennt wunderbare und einmalige Chance, durch Einsicht in Art des Lesematerials tiefe und einzigartige Einblicke in Seele und Wünsche von Teenboy zu erlangen.
5. M. begibt sich zu Teenboy-Family-Bungalow.
6. M. nähert sich unauffällig, völlig natürlich und beiläufig dem Tisch mit Zielobjekten.
7. M. streckt Hand über Terrassenbrüstung, um Zielobjekte genauer zu inspizieren.

8. M. hört Schritte und sieht, wie sich braune Wuschelhaare dem Bungalow nähern.

9. M. bekommt Panik.

10. M. erkennt, dass einzige Möglichkeit in Deckung zu gehen, darin besteht, unter Terrasse zu robben.

11. M. robbt Bootcamp-mäßig unter Terrasse. Zu den Spinnen. Und Ameisen. Und Kakerlaken.

12. M. stellt – um Enttarnung zu vermeiden – das Atmen ein.

13. Teenboy bleibt stehen. Teenboy beugt sich runter. Teenboy guckt unter die Terrasse. Teenboygesicht zwanzig Zentimeter entfernt.

14. Neongelbes Top keine gute Wahl für Undercover-aktion.

15. Teenboy erkundigt sich nach momentaner Tätigkeit von M. unter seinem Bungalow.

16. M. erlebt Brainfreeze durch akutes Trauma. M. antwortet auf Englisch.

17. M. behauptet nach Ball zu suchen, welcher abhandengekommen ist. Teenboy skeptisch.

18. M. robbt unter Terrasse hervor. M. voller Erde, Zweige und Ameisen.

19. M. wünscht auf Englisch einen guten Tag.

20. M. verlässt die Unfallszene.

21. M. überlegt, ob Duschwasserstrahl stark genug ist, um sich in Dusche zu ertränken.

Was tun?

Shit … shit … shit …

Verdammte Scheiße.

Shiiiiit.

Ob es auffällt, wenn ich den Bungalow nie wieder verlasse?

Im Angesicht der Scham, die mir bei jeder potenziellen Begegnung mit Teenboy sicher ist, vielleicht keine schlechte Idee. Ich wäre wie ein Einsiedlerkrebs. Vielleicht könnte ich es als Biologieprojekt tarnen.

Hm. Allein weiterreisen ist auf jeden Fall auch keine wirkliche Option. Ich habe weder the monies noch die erforderliche Anzahl an Lebensjahren, um allein von der Insel zu flüchten.

Ich sterbe.

Und wieso habe ich so getan, als wäre ich Engländerin? Weil Englischsein eine Erklärung für seltsames und bescheuertes Benehmen ist? Englische Exzentrik? Immerhin Englisch und nicht Französisch. Das wäre noch schlimmer.

Meine einzige, realistische Chance, das Ganze hier mit einem Resthauch von Ehre und Eleganz hinter mich zu bringen, ist Mum und Dad davon zu überzeugen, in der Öffentlichkeit nur noch Englisch mit Gustav und mir zu reden. Das wäre das perfekte Alibi.

Während ich versuche, diesen Plan in die Tat umzusetzen, bete ich einfach, dass ich Teenboy nie wiedersehen muss.

Also ... höchstens noch einmal – top gestylt – damit er das zerzauste, schmutzige Etwas mit Zweigen in den Haaren vergisst, das gestern unter seinem Bungalow herumgekrochen ist.

Bester Plan

Ich habe es geschafft Mum und Dad dazu zu überreden, mit uns Englisch zu reden!

Nachdem ich beim Abendbrot verkündet habe, dass es gut wäre, innerfamiliär in Zukunft nur noch auf Englisch zu kommunizieren, waren Mum und Dad erst ein wenig skeptisch.

Aber ich war vorbereitet. Erstens ist bilinguales Aufwachsen sehr förderlich fürs Gehirn. Zweitens müssen Gustav und ich spätestens in Australien in der Lage sein fließend Englisch zu reden, da wir sonst sprachlich und gesellschaftlich Ausgestoßene sein werden und jeglicher Kontakt zu anderen jungen Menschen unmöglich wäre. Das würde dramatische Auswirkungen auf unsere Entwicklung, unser Wohlbefinden und die gesamte Reise haben.

Also: Wir probieren es!

Ich glaube, die Eltern waren sogar wirklich beeindruckt, was für eine wunderbar lernwillige und hochintelligente Tochter sie da mit ihrem spärlichen Gen-Material produziert haben. Fast ein kleines Wunder.

Pancakes und Peinlichkeiten

Es war so klar. So klar. Karma-Bitch hat sich noch mal ordentlich ins Zeug gelegt. Was hab ich getan? Wieso? Warum ich?

Der heutige Abend ging wunderbar los, nach dem Abendessen sind wir … auf Englisch redend, of course … zum Nachtmarkt spaziert, um uns den vollen Bauch mit Snacks noch voller zu schlagen und uns ungehemmt dem Konsumrausch hinzugeben.

Scherz.

Denn a) wir haben begrenztes Reisebudget und b) alles, was wir kaufen, müssen wir auch schleppen. Woran Dad uns nur zu gerne erinnert.

Vor Ort habe ich dann ein äußerst ansehnliches Taschenexemplar erblickt und Mum und Dad (höchstens) zwei Sekunden aus den Augen gelassen, um die Tasche genauer zu begutachten. Als ich mich umdrehte, um Mum auf diese fantastische Ergänzung meiner Sammlung hinzuweisen, waren weder Mum noch ihr Portemonnaie in Sichtweite.

Dann erblickte ich sie: Mum und Dad. Am Maisstand. Aus kleinen Plastikbecherchen löffelten sie mit kleinen Plastiklöffelchen süße Maiskörner, während sie augenscheinlich in ein äußerst anregendes Gespräch vertieft waren.

Mit unseren Nachbarn.

Teenboy-Eltern. Ja. Ausgerechnet.

Und Teenboy stand daneben. Mein erster Gedanke war:

verstecken! Weil das bei mir immer so gut klappt. Nicht. Habe mich höchst interessiert über ein paar Taschenmesser, Wurfsterne und Schlagringe gebeugt, um das kleine Grüpplein mit ihren Maisbecherchen, Trekkingsandalen und Wuschelhaaren zu vermeiden. Vergebens.

»Maja! Maja, komm mal her.«

Diese Dullis … mein sorgsam aufgebautes Englisch-Alibi mit einem Satz zerstört.

Mir blieb nur die Verzögerungstaktik.

Ich musste so lange Zeit schinden und den Abstand zu meiner Familie aufrechterhalten, bis alle Floskeln ausgetauscht waren, beide Familien von der Überlegenheit der eigenen Kameraausrüstung überzeugt waren und sich dann zufrieden ob dieses herrlichen Austausches an Nettigkeiten auf den Weg machen würden.

Also Banana-Pancakes. Die Schlange der hungrigen Touristen, die mit leuchtenden Augen im Schein der bunten Lampions anstanden und überlegten, ob sich die zwanzig Baht extra für echte Nutella auf ihrem Banana-Pancake lohnen würden, erschien mir lang genug, um meinen kühnen Plan Realität werden zu lassen.

Doch mit jedem Meter, den die Schlange kürzer wurde und ich den Pancakes und dem Grund meines Fernbleibens näher kam, wurde ich nervöser. Schließlich war ich am Ende der Schlange angekommen.

»One banana-pancake with chocolate. Please!«

Wo sollte ich als Nächstes hin? Panisch blickte ich mich um.

»Maja, jetzt komm doch gefälligst mal her!« Während ich

vergeblich versuchte, in Sekundenschnelle ein neues, plausibles Versteck zu finden, gestikulierte Mum mich derart energisch zu sich, dass ich keinen anderen Ausweg sah. Meine Deckung war eh im Eimer. Meinen letzten Rest Stolz hatte ich vor ein paar Tagen unter Teenboys Bungalow im Dreck liegen gelassen. Langsam und mit erhobenem Haupt schritt ich in Richtung der Maisbechergruppe.

Teenboy lugte nur miesmuschelig unter seinen schönen Wuschelhaaren hervor und musterte mich mit weit hochgezogener Augenbraue von oben bis unten. Unglaubliche Brauenbeherrschung. Sehr ausdrucksvoll. Auch wenn die Missachtung in seinem Blick offensichtlich mir galt.

Mum erteilte mir den finalen Todesstoß. »Maja, ich habe gerade erzählt, dass du gestern Abend die tolle Idee hattest, dass wir als Vorbereitung auf Australien nur noch Englisch miteinander reden! Really great idea, darling.« Ja, danke auch Mum.

Teenboy-Mum schlug dann noch den letzten Nagel in den Sarg meines sozialen Ansehens: »Großartige Idee, Maja! Tim, was hältst du davon? Sollten wir auch mal versuchen, oder?«

Ein zweites missachtungsvolles Augenbrauenhochziehen von *Tim* und ein eiskaltes »Nicht dein Ernst« in Richtung seiner Mum. Die schien jedoch nicht im Mindesten getroffen und lachte nur amüsiert. Wahrscheinlich hat sie sich über die Jahre ein dickes Fell zugelegt, um mit diesem übellaunigen Wesen klarzukommen.

Zusammenfassend kann man sagen, dass er impressive Augenbrauenhochzieh-Skills hat. Aber wenn er das noch einmal macht, weiß ich nicht, ob ich dem Drang widerstehen kann, besagte Augenbrauen festzutackern.

Zur Krönung sind wir morgen Abend mit Teenboy-Family zum Essen verabredet. Denn, surprise, Teenboy-Family macht auch eine Weltreise! Yay. Ähnliche Route und Kinder im gleichen Alter ... Isn't that wonderful?

Das heißt, morgen muss ich einen ganzen Abend mit diesem unsympathischen Miesmuschel-Menschen, der mich vollkommen zu Unrecht für megaseltsam hält und mich scheinbar superverachtenswert findet, verbringen. Was für sonnige Aussichten.

Nachtrag: Dankbarkeit

Ich habe gerade gelesen, dass es wichtig ist – also um glücklich, erfolgreich und erfüllt zu leben –, dass man sich jeden Tag bewusst macht, wofür man dankbar ist. Das Ganze hat was mit Achtsamkeit und Yoga und so zu tun. Insofern möchte ich den ganzen Desastern der letzten Tage noch etwas Positives hinterherschieben. In voller, aufrichtiger Dankbarkeit.

Lieber Babyjesus, lieber Buddha und all die anderen Göttinnen und Götter, hiermit möchte ich meine tiefe Dankbarkeit zum Ausdruck bringen.

Danke für Nachtmärkte!

Snacks, Klamotten, Taschen, gefälschter Marken-Stuff so weit das Auge reicht.

Absolutes Premium-Shopping.

Und ein weiteres demütiges Danke an Euch alle da oben für die wunderschöne Tasche, die ich heute bekommen habe. Ich nehme sie als kosmische Wiedergutmachung für die ganzen grundlosen Peinlichkeiten der letzten Tage an.

Im Gegenzug, liebe Gottheiten und Gottheitinnen, für meine so ergebenst geäußerte Dankbarkeit würde ich es meganice finden, wenn Ihr mir endlich mal Eure wildgewordene Karma-Bitch vom Leib haltet. Sie scheint eine unberechtigte Blutfehde gegen mich zu führen. Merci! Wenn wir uns mal die sinkenden Mitgliederzahlen von Kirchen und so angucken, habt Ihr es ja auch irgendwie nötig.

Fernglas

Gustav ist seit dem Nachtmarkt übrigens tatsächlich stolzer Besitzer eines Fernglases. Völlig überflüssig natürlich, da das Observationsobjekt sich ja nun als unchillige Miesmuschel herausgestellt hat.

Was zieh ich an?

Gleich geht es los Richtung Abendessen mit Teenboy-Family. Vor dem kleinen Unter-dem-Haus-rumkriech-Zwischenfall wäre ich so aufgeregt gewesen auf ein Date, also Familiendate, mit Teenboy zu gehen. Aber nach seiner Miesmuschel-Aura auf dem Nachtmarkt habe ich einfach null Bock.

Andererseits ist es natürlich die perfekte Möglichkeit, um den ersten und vielleicht auch zweiten suboptimalen Eindruck, den er von mir hat, zu verbessern. Ihm zu beweisen, wie cool, erwachsen und sophisticated ich bin. (Das Wort habe ich in Mums Vogue gelesen. Es gefällt mir. Ich will sophisticated sein.)

Er wird das erdverkrustete Wesen mit Zweigen in den Haaren vergessen, das creepy unter seinem Bungalow rumgerobbt ist, und die neue, echte Maja wird seine Träume beherrschen.

Jetzt brauche ich nur noch ein passendes, kühl elegantes Outfit.

Nach kurzer einstündiger Beratung mit mir selbst habe ich mich für Folgendes entschieden: kleines schwarzes Kleid mit Spaghettiträgern. Little black dresses gehen bekanntlich immer. Schwarze Flipflops: ein Kompromiss, nicht wirklich elegant, aber immerhin nicht so kindisch wie meine Super-Trekking-Sandalen mit Klettverschluss.

Meine wunderwunderschöne Tasche vom Nachtmarkt – das perfekte Highlight zu einem ansonsten schlichten und zurückhaltenden Outfit – take that, Vogue! Hier schreibt eure zukünftige Chef-Redakteurin!

Noch einmal schnell gecheckt, was die wichtigsten tagespolitischen Themen sind.

In fünf Minuten geht es los.

PS: Mum und Dad halten tatsächlich am Englischreden fest. Was habe ich nur für eine dumme Idee in ihre Köpfe gepflanzt. Tim weiß jetzt, dass ich Deutsche bin. Das Cover ist aufgeflogen. Es macht keinen Sinn mehr. Mum und Dad sollen gefälligst mit ihrem Leben weitermachen. Wobei sie natürlich nicht wissen können, was das Motiv hinter meinem Vorschlag war. Warum bin ich nur so gut darin, Leute von den dümmsten Sachen zu überzeugen? Und wieso überhaupt lassen sich Mum und Dad von so was überzeugen? Ich schwöre, wenn ich einen von beiden noch einmal »In English, please, Maja!« sagen höre, boxe ich die Klimaanlage!

Immer noch völlig unnice

Okay, ich hätte mir überhaupt keine Gedanken um mein Outfit machen müssen. Tim ist nämlich nicht ein einziges Mal aus seinem Miesmuschelgehäuse herausgekrebst. Superarrogant. Er hat den ganzen Abend nicht mit mir geredet, zumindest nicht freiwillig. Er war vollkommen still und hat wieder nur gelangweilt durch die Gegend geguckt. Immerhin hat er den Augenbraueneinsatz reduziert.

Seine Mum hat ihm zwar ab und zu auf mütterlich-subtile, also superoffensichtliche, Art die Ellenbogen in die Rippen gerammt und aufmunternd und motivierend in meine Richtung geblickt. Kommt! Redet! Ihr seid beide ungefähr im gleichen Alter und müsstet euch doch so viel zu erzählen haben.

Jeder dieser Versuche wurde allerdings mit einem I-Kill-You-Blick sofort unterbunden.

Soll er doch. Im Ernst. Auch ich hab meinen Stolz. Mittlerweile habe ich nämlich gar keine Lust mehr mit ihm zu reden. Das hat er nun davon.

Gustav hingegen war im siebten Himmel. Fabi, der kleine Bruder von Tim, ist genauso alt wie Gustav und die beiden sind jetzt BTBFs. Best Travel Buddies Forever. Sind den ganzen Abend rumgelaufen, haben mit dem Fernglas andere Leute bespitzelt, Sandburgen gebaut, Fußball gespielt. Wie zwei kleine Strandkobolde.

Mum und Dad schienen auch ihren Spaß gehabt zu haben. Mum und Mia (Mutter von Teenboy) haben gleich ihre gemeinsame Liebe zu Yoga entdeckt. Sind jetzt zum Yogamachen verabredet morgen früh. Um 7 Uhr. Bevor die Hitze jegliche Bewegung unmöglich macht. Soll ich mitmachen? Yoga soll ja echt gut sein, gesundheitsmäßig und so. Ich könnte jetzt mit Yoga beginnen und in einem Jahr höchstgelenkig und erleuchtet als die Ruhe und Besonnenheit in Person nach Berlin zurückkehren. Dann muss ich nur noch Apfelschorle gegen grünen Tee eintauschen, von vegetarisch zu vegan switchen und mit meiner coolen Meeresplastik-Recyclingmatte auf dem Rücken plus einem grünen Smoothie in der Hand zum Yoga schweben und dabei beneidenswert strahlend aussehen. Vielleicht wird meine Haut dann auch endlich so feinporig und pickellos, wie die Werbung von meinem Gesichtswaschgel mir das versprochen hat.

Also als Vorsatz festhalten: morgen, 7 Uhr Yoga mit Mum und Mia.

Teenboys Vater und Dad hatten scheinbar auch ihren Spaß … wenn auch auf sehr mysteriöse Weise. Sie saßen beide verdächtig lange an ihren Smartphones und haben irgendwelche Sachen verglichen, ihre Kameras und Objektive begutachtet und Fotos angeschaut.

Dad ist nach dem Abendessen gleich wie besessen an den Laptop und hat Fotos bearbeitet. Zumindest behauptet er das. Das vermeintliche Fotobearbeiten erforderte allerdings erstaunlich viel schnelles und gespielt beiläufiges Laptopzuklappen, sobald sich jemand von hinten genähert hat. Werde beharrlich und subtil (aber jetzt wirklich subtil) weiterforschen, ob er da vielleicht heimlich die gebotene Internetzeit überschreitet und doch nicht digital-detoxt.

So, jetzt hab ich hier einen Quasi-Roman über den Abend geschrieben, dabei wollte ich eigentlich nur meinem Frust über diesen arroganten Schönling Platz machen. Festgehalten wird: Nette Familie bedeutet nicht nette Teenboys und Teenboy nicht gleich Dream-Boy. Harte Realität.

Darf ich vorstellen:
Maja –
zukünftige Yoga-Queen

Geschafft! Ich bin tatsächlich um 7 Uhr aufgestanden … genau genommen um 6.55 Uhr. Stolz wie Oskar. Wer auch immer das ist.

Unter Palmen und Bananenstauden haben wir absolut achtsam und bewusst den Sonnengruß durchgeturnt. Auch wenn Beweglichkeit noch nie zu meinen großen Stärken gehört hat, macht es erstaunlich viel Spaß. Es entspannt unglaublich. Fast wäre ich danach direkt auf der Matte eingeschlafen. Aber dann kamen die Mücken und wollten unser Blut und wir sind schnell geflüchtet.

Jetzt lege ich mich erst mal wieder kurz ins Bett. Verdienterweise. Dad und Gustav pennen nämlich auch noch.

Super Geheimtipp

Frühsport in Form von Yoga und dann supereffektives Lernen. Was für ein erfolgreicher Tag. Nebenan auf der Bungalow-Terrasse sitzen Tim und Fabi und haben die Köpfe tief in ihre Bücher, äh, Tablets gesteckt. Homeschooling ist auf jeden Fall sehr viel leichter zu ertragen, wenn einem nebenbei eine angenehme Meeresbrise um die Nase weht und man nicht die Einzige ist, die da durchmuss. Auch wenn die anderen Leidensgenossen nicht unbedingt die nicesten sind.

Teenboy-Dad war gerade hier. Gehen heute Abend wieder alle zusammen essen. Zu einem mega Geheimtipp im wilden Partyviertel. Laut Teenboy-Dad das am besten gehütetste kulinarische Geheimnis der Insel. Topsecret Secret! Dads Reaktion: »Ah, ja, natürlich, da wollten wir morgen sowieso hin!«

Als ob! Morgen wollten wir fett einen Burger-King-Bestello ansetzen und mal ganz faul einen Familien-DVD-Abend machen. Aber Dad konnte einfach nicht zugeben, dass er nichts von diesem Super-Secret-Top-Geheimtipp gehört hatte. Männer!

Nervige Aufträge

Ich hasse (fast) nichts so sehr, wie wenn Sätze meiner Eltern mit folgenden Worten beginnen:

Sag mal, Maja, könntest du mal kurz. Die Wäsche aufhängen. Einkaufen gehen. Staubsaugen. Deinen Bruder zum Sport bringen. Socken sortieren …

»Sag mal, Maja, könntest du mal kurz rüber und fragen, ob wir Fabis Mathebuch ausleihen können? Mia sagt, da wären bessere Grafiken drin. Wir sind gerade mitten in der Übung! Danke.«

Wie gesagt, ich hasse es!

Jetzt muss *ich* (!) rüber und bei Tim klopfen, um mir für *Gustav* ein Buch auszuleihen.

»Weil wir gerade mitten in der Übung sind.« Toll.

Gollum

Nachdem ich noch schnell einen Hauch Lipgloss sowie eine völlig unauffällige, aber wirkungsvolle Menge Mascara aufgelegt und dreimal tief durchgeatmet hatte, machte ich mich auf den Weg. Auf ins feindliche Gebiet.

Weder Fabi noch Tim waren draußen am Chillen und so stand ich etwas unschlüssig auf der Bungalow-Terrasse. Nach einigen Momenten des Zögerns, in denen ich überlegte, einfach direkt wieder umzudrehen und die ganze Aktion abzublasen, riss ich mich zusammen und klopfte vorsichtig an die Bungalow-Tür.

Die wurde sofort aufgerissen und Fabi guckte mich misstrauisch von unten an. Aus dem Bad kam gedämpftes Prasseln und unter der Tür dichter Wasserdampf hervor. Die Miesmuschel war also am Duschen.

»Hallo.«

»Hallo Fabi, dürfte sich Gustav mal dein Mathebuch ausleihen?«

»Ja.« (Ganz wie der große Bruder – sehr unkommunikativ.)

»Super! Darf ich das gleich mitnehmen?«

Fabi nickte, drehte sich um und fing an wie ein kleiner Verrückter gegen die Badezimmertür zu hämmern.

»Tiiihiiiiiiiiiim! TIIIHIIIIIIIM! TIIIIHIIIIIIIM!«

Ich wäre am liebsten im Boden versunken.

»Fabi, alles gut, ich komme später …«

»Tiiihiiiiiiiiim! Ich brauch mein Mathebuch!! Das liegt neben dem Klooooooohooooo!«

»Was?!«

Mit wütendem Blick, tropfenden Haaren und Handtuch um die Hüften stand Tim auf einmal in der Badezimmertür und guckte erst Fabi und dann mich mit zusammengekniffenen Augen an. (Rasende Wut tut seiner Schönheit leider keinen Abbruch.)

Der Boden ignorierte hart meine Gebete und öffnete sich nicht um mich zu verschlucken.

Fabi hingegen blieb völlig cool.

»Gollum hat gesagt, sie braucht mein Mathebuch …«

Mein Gehirn war gerade noch dabei, den Inhalt des Satzes zu verarbeiten, als Fabi erstarrte, verstummte und sich langsam zu mir umdrehte.

»Oh …«

Auch Tim guckte mit großen, erschrockenen Augen von Fabi zu mir und zurück.

»Du …! Shit …«

Gollum … Fabi hatte mich Gollum genannt. Gollum. Und Tim war eingeweiht. Wahrscheinlich war der Name seine Idee gewesen. Gollum, ein hässliches Wesen, das in Höhlen chillt. Natürlich. Weil ich unterm Bungalow rumgekrochen bin.

Wieder einmal hatte ich das akuteste Bedürfnis, mich in eine kleine Maus zu verwandeln und abzuhauen.

»Ähm, ich …«

Mehr konnte ich nicht stottern, denn ohne die bewusste Entscheidung meines Gehirns abzuwarten, machten sich meine Beine auf und davon und rannten Richtung Strand.

Normalerweise jogge ich freiwillig keine zehn Meter, erst recht nicht auf Sand, aber die Blamage hatte sich als große Motivation entpuppt und meine Beine dachten gar nicht daran, sich zu verlangsamen oder gar anzuhalten. In meinem Kopf schallte es immer wieder: Gollum. Gollum. Gollum. Wie konnte diese fiese Miesmuschel mich nur so nennen! Fand er mich so hässlich?! Wäre ich nicht so in Rage gewesen, hätte ich mich voller Genuss dem absoluten Selbstmitleid hingeben können.

Als hätte ich den Himmel mit meinen Gefühlen angesteckt, zogen langsam schwarze Wolken auf und der Strand leerte sich mehr und mehr.

Ich lief weiter.

»Maja, halt an! Majaaa! Du hast das falsch verstanden.«

Ich lief weiter. Was sollte ich denn da schon falsch verstanden haben können?

»Alter, du bist echt schnell. Jetzt bleib doch mal stehen!«

Tim war neben mir angekommen. Als ich trotzdem nicht stehen blieb, lief er an mir vorbei und joggte rückwärts vor mir. Irgendwie hatte er es geschafft, sein Handtuch gegen Bayern-München-Shorts auszutauschen. Was wohl auch meinen sportlichen Fünf-Sekunden-Sprintvorsprung erklärte.

»Geh. Mir. Aus. Dem. Weg. Sofort.«

Der Himmel war mittlerweile eine düstere Mischung aus schwarz und grau und der Strand wie leer gefegt.

Platsch. Ein fetter Regentropfen landete auf meiner Nase.

Tim wollte gerade loslachen, als er von einer unsichtbaren

Kraft direkt vor mir Richtung Boden gerissen wurde. Diese Entwicklung kam zu schnell für mich und meine ungestümen Beine und ich stolperte direkt in ihn rein. Die unsichtbare Kraft entpuppte sich als ehemals majestätische Sandburg, die der Gute beim Rückwärtsjoggen nicht gesehen hatte.

(Und deswegen, liebe Kinder, immer schön nach vorn gucken im Straßenverkehr.)

Der Sturz fiel nicht sehr sanft aus. Spitze Ellenbogen voran stürzte ich auf Tim.

»Auuuuaaaaaa ... Maaann ... Scheiße .... Aaahhhuu ...«

»Ahhhhh ... Weg mit dir! Auuu!«

»Weg mit mir?! Du bist auf mich gefallen! Geh du doch runter!«

»Du bist mir nachgelaufen! Selbst schuld!«

Wir hatten uns gerade freigekämpft und standen uns schnaufend und erbost gegenüber, als nun auch ein fetter Tropfen auf Tims Nase landete. Sein Gesicht war so verdutzt, dass ich lachen musste. Auf einmal öffneten sich die Tore des Himmels, die Pforte Gottes. Es fing an zu schütten, was das Zeug hielt.

Während ich mir vor Lachen fast in die Hose machte, packte Tim mich an der Hand und zog mich durch den strömenden Monsunregen in die nächste Strandbar und ...

... und die Fortsetzung folgt gleich, weil wir jetzt unbedingt superdringend in dieser Sekunde zum Abendessen losmüssen. Wie sehr mich meine Eltern manchmal stressen.

Gollum Part 2 –
Die Fortsetzung

Wo war ich ... ach ja, Strandbar. Trotz des Sprints auf den letzten Metern hatten wir es NICHT trocken in Sicherheit geschafft, sondern waren pitschnass und tropften den Boden der Strandbar voll.

Die Bar war recht leer und so spärlich beleuchtet wie eine Berliner Eckkneipe. Dafür mit Meerblick und Sand auf den Dielen.

Meinem Gehirn dämmerte es gerade, dass ich hier mit Mr Miesmuschel persönlich, ebenfalls nass und vor allem breit grinsend, stand (was für eine absurde Situation), als wir auch schon von einer freundlichen Kellnerin ganz sanft an den Schultern in Richtung eines Tisches geschoben wurden. Zusätzlich zur Getränkekarte gab es direkt zwei Handtücher.

Und ein Problem:

»Shit, Maja, ich hab kein Geld dabei ... hast du Kohle?«

Bevor ich meine Zunge stoppen konnte, kam die Antwort: »Maja? Who dat? Meinst du nicht ... Gollum?«

Sein breites Grinsen? Weg. Stattdessen ein sehr bestürzter, sehr schuldbewusster Blick. Richtig so! Sollte ihn das schlechte Gewissen ruhig zerfressen.

Ein kleines bisschen Leid musste schon sein. Immerhin ist Gollum echt richtig hässlich.

Man muss es ihm lassen, Teenboy kann wirklich gut

reumütig gucken. So wie ein kleiner süßer Hund, der im Internet gedogshamet wird, weil er aufs Sofa gekackt hat.

»Maja, ohne Scheiß, sorry! Das war echt nicht so gemeint ...«

Ausgestreckte Tim-Hand über den Tisch: »Vergibst du mir? Und Fabi? Bitteee?«

Große Hundewelpenaugen. Mein Herz war heftig am Schmelzen, auch wenn ich versuchte dagegen anzukämpfen. Keine Chance.

»Okay ... aber warum Gollum?«

»Na ja, du bist halt auf allen vieren unter unserem Bungalow rumgecreept und hast rieeesige Augen gemacht, als ich dich entdeckt habe ...«

Bevor Tim noch weiter ausführen konnte, inwiefern Gollum und ich uns ähneln, kam die Kellnerin zum Tisch.

»Drinks?«

Leider hatten wir das Money-Problem kurz verdrängt.

»We don't have any money! Sorry!«

Entschuldigendes Lächeln von uns beiden.

»No Problem! You stay here!«

Die gute, gute Strandbar-Fee. Wir durften nicht nur sitzen bleiben und uns vor einem erneuten Monsunbad drücken, sondern hatten auch direkt zwei eiskalte Colas auf dem Tisch.

Brunnentiefe Dankbarkeit von Tim und mir.

Haben den Regen ausgesessen, Cola getrunken und über Gott und die Welt gequatscht. Miesmuschelschale gone. So kitschig es sich anhört, ich habe echt das Gefühl, einen neuen Freund gewonnen zu haben. Kumpel-Freund. Rein platonisch.

Da ist nämlich noch die Sache mit Alma.

Seine Freundin. Die große, hübsche, coole, tolle, bestimmt wahnsinnig fotogene Liebe seines Lebens. Die der Arme leider, leider (hust) in Deutschland zurücklassen musste. Als die Quelle dann erst mal angepikst war, war es dann nur so aus ihm herausgesprudelt. Wie sehr er sie vermisst und wie cool sie ist, und aus ganz egoistischen Gründen muss ich sagen, dass mir das jetzt nicht so leidtat. Also, dass Alma nicht hier ist. Jetzt da sich rausgestellt hat, dass Tim nicht nur cute aussieht, sondern auch recht umgänglich ist.

Nachdem der Monsun vorbei war und die Sonne wieder zwischen den Wolken hervorlugte, machten wir uns auf den Weg und schlenderten entspannt mit den Füßen im flachen Wasser nach Hause.

Gustav bekam sein Buch dann mit einiger Verspätung.

Ein scharfer Geheimtipp

Als es dunkel wurde, haben wir uns mit Teenboy-Family getroffen und uns dann zu Fuß auf den Weg gen Partyviertel gemacht.

Der sagenumwobene Supergeheimtipp war dann ein kleines unscheinbares Plastikstuhl-Restaurant. Dad ist erstmal schnurstracks dran vorbeigelaufen. Teenboy-Dad hat ihn lachend am Arm festgehalten und drauf hingewiesen, dass wir schon da wären. Dad hat dann mega ertappt geguckt und meinte, das wisse er schon, er wolle nur kurz noch zwanzig Meter weiter, da wäre auch noch ein Geheimtipp, den er auschecken wolle. Mich hat er netterweise mitgeschleift und während die anderen schon auf den Supergeheimtipp-Plastikstühlen saßen, mussten wir höchst interessiert auf die auf Thai verfasste Getränkekarte (ich nehme an, es war eine Getränkekarte) des »anderen Geheimtipps« starren. Dad hat sogar extra die Bahn-App auf seinem Smartphone geöffnet und intensiv die Preise deutscher Bahntickets mit den thailändischen Cola-Preisen auf der Karte verglichen. Gott sei Dank konnten wir nach fünf Minuten zur Gruppe zurück.

Das Essen war tatsächlich ein Highlight. Da der Laden nicht für Touris gedacht war, gab es die Speisekarte weder auf Englisch noch auf Deutsch. Zur Sicherheit haben wir alle Pad Thai bestellt. Außer Teenboy-Dad, der bestellte auf Thai und mit stolz geschwellter Brust die Spezialität des Hauses. Ich konnte sehen, wie sehr Dad mit sich gerungen hat und wie sehr er insgeheim auch auf Thai eine Spezialität bestellen wollte.

Aber wie sich herausstellte, haben ihm seine mangelnden Sprachkenntnisse echt den Arsch gerettet.

Denn während das köstliche Pad Thai uns allen äußerst gut mundete, trieb die Spezialität des Hauses ihrem Verkoster die Röte eines Hummers und einen Bach aus Schweißperlen ins Gesicht.

Scheint ganz schön scharf zu sein, diese Spezialität.

Dad genoss das Spektakel dann selig grinsend.

Der Rest des Abends verlief sehr entspannt. Auch wenn ich mir die ganze Zeit minimal gewünscht habe, dass ein UFO auftauchen und alle anderen kidnappen würde, sodass nur noch Tim und ich da wären.

Auf dem Heimweg kam dann der lang ersehnte Moment und ich hatte ihn für mich. Sind aufgrund unserer (beziehungsweise Tims) schneller Gehgeschwindigkeit vor dem Rest der Truppe nach Hause gelaufen und ich konnte ihm wie ein hypnotisiertes Kaninchen zuhören, wie er über, äh, Orang-Utans auf Borneo (?) geredet hat. Und Palmöl. Oder so. Mein Gehirn hat nur so halb hingehört. Der andere Teil war damit beschäftigt, sich alle seine Sommersprossen einzuprägen. Und habe ich erwähnt, wie süß er seine Stirn kräuselt, wenn er empört ist?

Aber ich habe nicht nur ziemlich viel Halbwissen über Palmölanbau und brennende Regenwälder aus dem Gespräch mitgenommen, ich habe auch ein neues, absolutes Lieblingshobby: SUP. Sprich Stand-Up-Paddeln. Denn morgen leihen wir uns SUP-Boards aus und SUPen übers

Meer. Mit uns meine ich Tim und mich! Zusammen. Gemeinsam.

Da war ich natürlich in Sekundenschnelle wieder ganz Ohr und geistig voll auf der Höhe. Also, als ich die Worte »du«, »ich«, »morgen«, und »zusammen« durch den Schleier der Hypnose wahrnehmen konnte.

Angeblich ganz einfach, die Dinger zu navigieren. Und falls nicht, kann er es mir ja Hollywood-Style erklären, indem er sich mit mir auf mein SUP-Board stellt und wir dann gemeinsam in den Sonnenuntergang SUPen, während er meine Hand in seine nimmt und mir den richtigen Paddel-Rhythmus zeigt. Hach.

Stand-Up-Paddeling
mit Maja Bond

Heute Morgen ging es direkt gut los. Mit dem ewigen Dilemma: Was ziehe ich an?

Natürlich kommt es hauptsächlich darauf an, möglichst leistungsstark zu sein und ein Outfit zu wählen, das meine sportliche Performance am besten unterstützt. Entsprechend gut überlegt muss die Entscheidung sein.

Zur Wahl standen:

a) Mein roter Bikini mit den weißen Punkten und leichten Rüschen an den Rändern. Süß, verspielt, auffällig.

b) Schwarzer, sportlicher Bikini. Aktiv, elegant, James Bondish.

c) Grüner Triangel-Bikini mit Gold-Perlen an den Bändchen. Chic, stylish, perfekte Balance zwischen Schlichtheit und dem gewissen Extra.

So schwer! Ich habe den ganzen Morgen beim Mathelernen drüber philosophiert, welcher Bikini perfekt meine Persönlichkeit und natürliche Schönheit unterstreicht. Pardon, welcher Bikini mir zu sportlichen Höchstleistungen verhelfen würde.

Und dann, bäm, hat Mum die Entscheidung für mich getroffen. Gestern. Als sie ungefragt (!) meinen rot-weiß gepunkteten und meinen grünen Bikini mit zur Wäscherei gegeben hat.

Also schwarz. Sportlich-elegant. Und dabei hatte ich mich gerade für grün entschieden.

So ist das Leben. Man überlegt sich was und dann so: Ja, nee. Das wird nichts.

Dann eben James-Bond-Style.

Gerade als ich selbstbewussten Schrittes zum Teenboy-Bungalow schreiten wollte, um den Guten abzuholen, kam er schon aus der Tür. Leicht verschlafen. Verstrubbelt. Unglaublich cute. Der Anblick hat mein Herz direkt einen Hüpfer nach vorne tun lassen. Und der Gedanke an Alma dann zwei schwere Schritte zurück.

»Moin, Maja! Ready to Rock'n'Roll? Ich meine, Rock'n'Paddle? Ah, Mann. In meinem Kopf hat sich das cooler angehört.« (Bezauberndes, entschuldigendes Lächeln.)

»Hahaha, nobody is perfect!« (Der von mir erbrachte Beweis, dass es immer noch platter geht. Plus glatte Lüge im Angesicht der Perfektion, die mir da entgegenlächelte.)

»Okay, Neustart: Ready to stand-up and paddle?«

Die ersten fünf Minuten, als wir die schweren Paddleboards, die quasi die Seekühe unter den Wassersportboards sind, den Strand entlangschleppten, bereute ich fast meine Entscheidung.

Doch dann waren die Dinger im Wasser und nach ein, zwei Minuten war ich voll drin. Mega Euphorie. Mein Körper schüttete Glückshormone aus, was das Zeug hielt. Ich glaube, ich habe noch nie so viel Spaß an sportlicher Aktivität gehabt. Außer vielleicht an Powershopping.

Selbst wenn Tims angenehme Anwesenheit weggedacht wäre: Es hätte einfach Spaß gemacht.

Wir waren gerade dabei, in Stellung zu gehen, um ein letztes Wettrennen Richtung Strand zu starten, als wir ein lautes »Shiiiit« hörten und alles auf einmal ganz schnell ging. Tim, der zwischen mir und dem Strand positioniert war und sich sofort in Richtung des Schreis gedreht hatte, ging blitzschnell in die Hocke und ich konnte gerade noch ein erschrockenes »Maja! Runter!« hören, als schon eine schwarze Kugel direkt auf mein Gesicht zuschoss. Ein runder, sich schnell bewegender Gegenstand! Flog in meine Richtung! Mein Sportstundenalbtraum realisiert auf der Insel Koh Samui. Meine Augen waren gerade dabei, sich in Vorbereitung auf die Kollision zu schließen, als meine Hände wie vom Teufel besessen (oder von Gott – man weiß es nicht) reagierten und das Unglaubliche taten: das schwarze Wurfgeschoss festhalten.

Der Bikini hatte Wort gehalten. Ich war James ... äh ... Maja Bond! Ich war unglaublich von mir selbst beeindruckt. Zumal mich der Ball (das Geschoss) nicht vom Board katapultiert hatte! Ich stand noch! Hart am Shaken, aber ich stand!

Tims Gesicht war die nächste große Freude. Offener Mund, große Augen. Ungläubig. Beeindruckt.

Ich war die Coolness in Person. Maja Bond, Coolest Girl Alive.

Bäm, am liebsten hätte ich mich selbst gehighfivet!

Und dann hat er mich die Queen des Paddleboards getauft! Für meine Standfestigkeit und Reaktionsschnelle!

Die Eigentümer des Balls kämpften sich währenddessen auf unglaublich unelegante Art durchs Wasser, um sich very British tausendmal bei uns zu entschuldigen und mich zu loben.

Alles in allem der beste Tag. Ever. Yes!

Good Day

Sehr guter Tag heute. Zu müde und erschöpft, um viel zu schreiben, hier eine effiziente Liste:

1 perfekter Tag auf Koh Samui

- 7 Uhr morgens: Yoga mit Mum und Mia. Danach Belohnungssmoothie vom kleinen Straßenstand.

- 9 Uhr bis 13 Uhr: Inselschule. Englisch, Französisch und Mathe.

- Mittagessen mit Quasi-Klassenkameraden Gustav, Tim und Fabi. Tom Kha Gai Suppe und dann Sticky Rice mit Mango zum Nachtisch. Yummy!

- Danach Siesta unter Ventilator im Bungalow.

- Nachmittags: SUPen mit Tim, begleitet von Gustav und Fabi im Schlauchboot.

- Abends: Gemeinsames Essen mit Teenboy-Family und danach Hornochsen spielen auf Bungalow-Terrasse im Kerzenschein.

Teenboy-Retter in der (Chili-)Not

Tim und ich waren heute Mittag, mal wieder, im kleinen Restaurant um die Ecke. Superlecker. Supergünstig. Die Reisekasse freut sich.

Es ist mein Lieblingsrestaurant. Mit Abstand. Vor allem auch wegen der Besitzerinnen Sai und Daeng. Zwei liebenswerte, lautlachende Damen, die den ganzen Laden schmeißen und sich so herzlich um uns kümmern, dass man sich direkt adoptiert fühlt.

Ein weiterer, kleiner Aspekt, der mir hier äußerst gut gefällt: Sai und Daeng nennen Tim immer meinen BOY-FRIEND. Und er korrigiert sie nie!

Und dann ist da noch das Essen. So unglaublich yummy. Ich muss mich jedes Mal zügeln, nicht noch den ganzen Teller abzuschlecken. Das ginge gar nicht, ich bin ja kein Ferkel – zumindest nicht vor Tim (auch wenn ich bei den intensiven Blicken, die er den Soßenresten auf seinem eigenen Teller immer zuwirft, den Verdacht habe, dass er den gleichen Drang unterdrückt). Anyway, das Essen ist stets absolut köstlich und ich würde nie auch nur ein Gramm davon verschwenden.

Heute hat mich dieser Glaubenssatz jedoch an meine körperlichen Grenzen gebracht.

Folgende Szene spielte sich am kleinen Tisch rechts neben dem Eingang um 14 Uhr ab:

Tim und ich saßen auf unseren Stammplätzen. Die laminierte DIN A4-Seite mit den Gerichten zwischen uns. Daeng stand lächelnd am Tisch und will Bestellungen aufnehmen.

Mein Impuls war, Fried Tofu mit Cashews zu bestellen. Wie jeden Tag. Aber ein Blick auf Tim, der mit gerunzelter Stirn in die Karte vertieft war, ließ mich innehalten.

Tim bestellt jedes Mal etwas anderes. Was Neues. Ein kulinarischer Entdecker und Abenteurer. Immer auf der Suche nach einem neuen Food-Highlight.

Und ich? Immer Tofu mit Cashews. Dazu ein Watermelon-Shake. Was sagt das über mich aus?

Langweilig? Ängstlich? Vorsichtig?

Und bevor ich meine Zunge stoppen konnte, hatte ich einen Papaya-Salat bestellt. (Mit Watermelon-Shake. Man muss es ja nicht gleich übertreiben.)

Jap. Einen frischen, gesunden, knackigen Salat aus grüner, unreifer Papaya. Supergesund, superauthentisch, null langweilig. Perfekt.

Meine plötzliche Experimentierfreudigkeit ließ Tim aufgucken. Mit zusammengekniffenen Augen musterte er mich eine Sekunde, bevor er mit seinem unwiderstehlichen Lächeln einmal Tofu mit Cashews und einen Mango Lassi bestellte.

»Sag mal, seit wann bestellst du freiwillig Salat?« (Kritischer Blick.)

»Seit ich Hunger auf Salat habe, kann ja nicht jeden Tag das Gleiche essen.« (Lässiges Lachen.)

»Du weißt, dass der Papaya-Salat sauscharf ist, oder?«

»Duh! Ich esse nicht zum ersten Mal Papaya-Salat. Mach dir mal keine Sorgen.« (Glatte Lüge.)

»Okaaay.« (Unüberzeugtes Lächeln von Tim.)

Pah. Als ob ich nicht mit Schärfe umgehen könnte. Natürlich kann ich scharf essen. Ich esse voll oft hot and spicy.

Okay, vielleicht vermeide ich es normalerweise, hot and spicy zu essen. Aber wie spicy kann so ein Papaya-Salat schon sein?

Tja.

Sehr scharf. Sehr, seeehr scharf. Dreifach hot and spicy. Diese Erkenntnis dämmerte mir auf der Zunge, als ich die erste Gabel Papaya-Salat in meinen Mund bugsiert hatte.

Es fühlte sich an, als hätte der Bissen sämtliche Geschmacksknospen rasiert und durch einen Feuerteppich ersetzt. Ausatmen brachte keine Erleichterung.

»Und, schön scharf?«

»Mhmmmhpfmmmm.« (Ich war noch unentschlossen, ob geöffneter oder geschlossener Mund das Feuer schlimmer machte.)

Aber natürlich musste ich noch einen Bissen nehmen. Ich musste diesem Tofu-mit-Cashews-bestellenden und bevormundenden Schönling doch beweisen, wie wenig mir Schärfe ausmachte.

Entgegen meiner Hoffnung hatte sich mein Mund allerdings noch nicht an die Schärfe gewöhnt und erneut versetzte der Salat meinem Mund einen Schlag.

Auch meine Augen konnten die Qualen, die mein Mund ausstehen musste, nicht mehr mit ansehen und fingen an, aus Mitleid zu tränen.

Mit jeder Faser meines Seins kämpfte ich gegen die Schärfe. Gegen die Kapitulation.

Ich konnte mir bildlich vorstellen, wie ich aussehen musste. Wie eine vor der Detonation stehende Cherry-Tomate.

Teenboys Blick wechselte im Sekundentakt von besorgt zu amüsiert und zurück.

»Maja ... alles in Ordnung? Sind das Schweißperlen auf deiner Stirn? Oder regnet es über dir?«

»...« (Stille.)

»Du weinst ja!«

»...«

Und in diesem Moment war es mir egal. Scheiß drauf, irgendeinen Kerl beeindrucken zu wollen.

»OMG. Ich sterbe!! Es ist soo scharf. Tiihiiimmm. Es ist so scharf. Ich schaffe das nicht! Ich kann nicht alles aufessen. Aber wenn ich nicht aufesse ... (schnief schnief) hassen mich Sai und Daeng! Dann kann ich nie wieder kommen!«

Anzumerken ist hierbei noch mein grundlegendes, tiefverwurzeltes Bedürfnis, bloß ja nie jemandem auf die Füße zu treten. Oder zu beleidigen. Ich würde lieber ein Stück Kohle essen, als den Kellner darauf hinzuweisen, dass die Pizza verbrannt ist.

Mal wieder mein Verhängnis. Ich sah mich schon drei Tage mit vor Chili-Verätzung schmerzendem Magen im Bett liegen. Lieber das als Sai und Daeng enttäuschen. Aber ich hatte die Rechnung ohne Tim gemacht.

Ohne zu zögern waren ruckzuck unsere Teller ausgetauscht. Mein geliebter Tofu mit Cashews vor mir und der Papaya-Salat vor ihm.

»Jetzt noch einen Schluck Mango Lassi gegen das Brennen und dann kannst du ganz entspannt dein Mittagessen genießen.«

Mit zufriedenem Grinsen fing Tim, an sich den Salat des Todes in den Mund zu schaufeln und mit Mango Lassi nachzuspülen. Joghurt neutralisiert Schärfe. Wusste ich auch. Irgendwo in den Tiefen meines Gehirnes.

»Danke … ohne Scheiß. Du Lebensretter. «

Fettes Grinsen. »Ich weiß.« Zwinkern.

»Willst du wenigstens einen Bissen von deinem Essen? Ich fühle mich schlecht, wenn ich jetzt deinen Tofu auffuttere!«

»Bäh. Nee. Ich hasse Cashews. Sauekelig.«

Gerade wollte ich fragen, warum zum Teufel er sich dann dieses Essen bestellt hatte, als es mir dämmerte. Es war von Anfang an sein Plan gewesen. Mich zu retten. Er hat mein Gericht für mich bestellt.

Ich musste grinsen wie verrückt. Er grinste zurück. Es war perfekt. Hach. Er ist mein Tribut! Meine Katniss Everdeen, die sich für mich den Hunger Games hingibt. Romantisch.

Insel-Life

Habe im Rausch der letzten Woche das Schreiben vollkommen vernachlässigt. Es war einfach viel los und abends war ich immer müde und zu faul, um noch einen Stift zu heben, geschweige denn mein Tagebuch aufzuschlagen.

Die letzten Tage waren der Hammer! Wie schön das Leben so vor sich hin plätschern kann. Habe sehr viel Yoga gemacht mit Mum und Mia und mittlerweile habe ich sogar den Schritt von Banana-Smoothie zu Banana-Spinat-Smoothie geschafft! Mehr gesund, weil mehr grün. Angeblich.

Dad ist auch voll in seinem Element. Es gibt keine Kokosnuss, kein Fischerboot und keine Boje, die er noch nicht aus allen möglichen Perspektiven fotografiert und für die Ewigkeit festgehalten hat. Das reine Fotografen-Paradies. Und danach wird dann fleißig, fleißig bearbeitet, was das Zeug hält. Natürlich am Laptop. Meine geheimen Vermutungen, dass da neben viel Bearbeiten auch ordentlich viel auf den Internetseiten aller überregionalen deutschen Zeitungen gesurft wird, haben sich noch nicht als falsch rausgestellt. Ich observiere weiter. Dad ist leider auch immer noch beharrlich gut darin im letzten Moment den Laptop zuzuklappen und so zu tun, als wolle er gerade eh was anderes machen.

Internet vermisse ich kaum noch, zu viel zu tun!

Tim und ich sind immer noch am SUPen.

Habe schon enorm am Bizeps zugelegt vom ganzen Paddeln. Oder Trizeps. Halt Armmuskeln. Und Bauchmuskeln. Die Bauchmuskeln sind noch nicht akut sichtbar, aber so hart wie mein Muskelkater am Anfang war, ist es nur noch eine Frage der Zeit.

Plus, nicht zu vergessen: Durch meine täglichen Undercover-Aktionen … Scherz … mein tägliches Chillen mit Tim kann ich direkt eine geupdatete Liste machen. Weil ich Listen liebe.

Weiteres Interessantes über Tim:

- Lieblingsfächer: Sport, Englisch und Geschichte Hassfächer: Mathe, Physik

- Sternzeichen: Wassermann

- Liebt Sticky Rice mit Mango

- Unterer linker Eckzahn leicht abgebrochen. Kleiner Unfall im Ferienlager in Schweden, als er 14 war.

- Will nach dem Abi auch ins Ausland, allerdings am liebsten Freiwilliges Soziales Jahr machen. Irgendwo kleine verwaiste Orang-Utan-Babys aufpäppeln.

- Will später Anwalt (am besten für Amnesty International) oder Arzt (am besten ohne Grenzen) werden.

- Lieblingsspieler beim FC Bayern: Neuer.

Ein klitzekleiner Ausschnitt. Aus dem großen Universum an interessanten und witzigen und liebenswerten Fakten.

Lebensgefährliches
Luftmatratzen-Manöver

Heute erste dramatische Verletzung im Paradies. Abgesehen von tausend aufgekratzten Mückenstichen. Opfer: Ich.

Tim und ich waren entspannt dabei, auf den Luftmatratzen rumzutreiben und uns über dies und das und unser Leben als backpackende Teenager auszutauschen. Das Gespräch kam dann, wie so oft, auf die wunderschöne, hyperintelligente, atemberaubend lustige und trotzdem voll auf dem Boden gebliebene Alma zu sprechen. Boah. Wie anstrengend muss es sein, so überperfekt zu sein? Sankta Alma. Die Heilige.

Um das Gespräch ein bisschen mehr von Sankta Alma auf mich zu lenken und dem Guten endlich mal klarzumachen, dass seine absolute Traumfrau nicht (!) Alma heißt und in Deutschland chillt, sondern in greifbarer Nähe auf einer Luftmatratze direkt vor ihm herumtreibt, habe ich versucht, mich in möglichst verführerischer und eleganter Weise auf der Matratze umzupositionieren.

Plan: Mich elegant und ruhig vom Bauch auf die Seite zu drehen und so eine Illusion der Kurvigkeit zu erschaffen. (Die Idee der Illusion von Kurvigkeit ist aus einer von Mums Frauenzeitschriften. Gefällt mir.)

Tatsächliche Umsetzung: Eher mangelhaft.

Bei dem Versuch, mich auf ihr abzustützen, hat die schlabbrige Luftmatratze nachgegeben und die angepeilte Drehung endete volle Breitseite mit einem Gesichtsklatscher im Wasser. Während ich mich mit aller Kraft an der völlig ungreifbaren Matratze festklammerte, haben meine Beine wie verrückt versucht zu schwimmen. Das Wasser war allerdings erstaunlich flach. Mein linker Fuß hat dann sofort Kontakt mit einem superscharfen Korallenriff-Dings gemacht.

Ultraschmerzhaft. Tim hat nach kurzem Lachen schnell geschnallt, dass ich in Todesgefahr schwebte, und sich beherzt und mit vollem Körpereinsatz meiner Rettung verschrieben. Er hat mich zurück auf die Luftmatratze gehievt und mich wie bei einem echten Krankentransport Richtung Strand gezogen. Dann hat er mich beim Nach-Hause-Humpeln unterstützt und mir im wahrsten Sinne des Wortes unter die Arme gegriffen. Wie Herkules. Sehr stark. Und er riecht sehr gut. Nach Sonnencreme und Meer.

Mia und Mama haben mich verarztet. Tim hat mehrmals drauf hingewiesen, dass sie mich lieber ins Krankenhaus fahren sollten. So sweet! Ganz besorgt um mein Wohlergehen. Aber ist wirklich nicht so schlimm. Schmerzhaft und sehr blutig, aber ertragbar.

Den Rest des Tages saßen wir dann zu zweit auf der Terrasse, haben übers Leben philosophiert und uns von Gustav und Fabi gebratene Bananen und kalte Getränke bringen lassen.

Das Ende naht

No! Noo! Nooo! Kaum gewöhnt man sich an das locker leichte Inselleben mit netten Inselnachbarn und cuten Boys und schwebt auf einer Wolke der Zufriedenheit durch die Welt, wird man auch schon jäh von dieser rosaroten Wolke geschubst.

In diesem Fall von Mum und Dad. Wir reisen weiter! In den Norden. Toll. Was soll ich in einer Stadt, die weder Meer noch Tims hat? Noch mehr Tempel angucken? No, thank you.

Gustav ist außer sich. Er schmollt seit zehn Minuten unter der Terrasse bei den Ameisen und Kakerlaken. Mum versteht unsere Reaktion angeblich nicht, weil ja wohl klar war, dass wir irgendwann weitermüssen. Natürlich war das klar, aber a) habe ich ja wohl das Recht, solche offensichtlichen, aber unangenehmen Tatsachen zu ignorieren. So machen es die meisten Politiker ja auch mit Dingen wie dem Klimawandel und Urwaldabholzung. Und b) wieso müssen wir in den Norden? Wieso können wir uns nicht die Freiheit rausnehmen, einfach mit Teenboy-Family nach Vietnam zu reisen? Angeblich wirft man nicht einfach seine gesamte Reiseplanung über Bord, nur weil man ein paar nette Spielkameraden gefunden hat. Ich fühle mich nicht ernst genommen. Spielkameraden! Das trifft vielleicht auf Fabi und Gustav zu, aber nicht auf mich und Tim. Wir sind keine Spielkameraden! Wir sind Soulmates!

Ich bin so wütend. Ich weiß jetzt schon, dass ich jede dumme, einzelne Minute da oben im Busch scheiße finden werde.

Nur noch zwei Tage hier im Paradies. Dieses Gefühl von Endlichkeit. Ich könnte kotzen.

Schmollen hilft

Nachdem Gustav und ich eine halbe Stunde effektiv und sehr böse geschmollt und unserem Missmut deutlich Ausdruck verliehen haben, sind Mum und Dad mit einem Friedensangebot angekommen. Zum einen hatten sie Sticky Rice mit Mango dabei. Als weiße Fahne.

Zum anderen haben Sie sich mit den Teenboy-Eltern beratschlagt. Fabi scheint ein ähnliches Verhalten wie wir an den Tag gelegt zu haben. Über Tim haben sie nichts gesagt. Ob er auch geschmollt hat? Vielleicht ist es ihm egal. Oder er hat seine Trauer zurückgehalten. Vielleicht weint er heimlich unter der Dusche.

Wie dem auch sei. Das Eltern-Emergency-Meeting ist zu folgendem Beschluss gekommen:

Morgen ganz normal Inselschule und chillen, und übermorgen dann Motorroller-Ausflug! Alle zusammen! Als Abschied! Yaaay.

Zudem hat Mum angedeutet, leider aber nicht versprochen, dass sie versuchen werden, dass wir uns alle in Australien wiedersehen. Daumen drücken! Tim will in Australien unbedingt Surfen lernen. Dad auch. Ich angeblich auch. Hat mein Mund heute verkündet, ohne mit meinem Gehirn Rücksprache zu halten.

Ich sehe uns schon gemeinsam in Australien am Strand: Meine Haare werden lang, sonnengebleicht und vom Salzwasser gewellt sein, während ich in einem süßen Bikini mit Surfboard unterm Arm den Strand entlangjogge und mich voller Elan in die Wellen schmeiße. Neben meiner Surfer-Aura und Expertise wird Tims Erinnerung an Alma verblassen wie ein altes One-Direction-Poster im Sonnenlicht.

Vorletzter Tag im Paradies

Morgen ist Ausflugstag. Aufregend.

Also muss ich einen strahlend erholten letzten Auftritt hinlegen. Insgeheim male ich mir aus, wie Tim und ich zu zweit auf einem Roller über die Insel düsen, an geheimen Wasserfällen haltmachen und ich aus zwanzig Metern Höhe mutig ins Wasser springe wie eine elegante Meerjungfrau. Wobei Meerjungfrauen wohl kaum die zwanzig Meter hochklettern können. So ohne Beine. Das sähe bestimmt weniger elegant aus. Aber immer noch beeindruckend.

Oh, und ich habe Tim gefragt, wie und ob wir in Kontakt bleiben können. Er boykottiert ja Social Media, dieser kapitalismuskritische Rebell und momentan bin ich ja sowieso gezwungen, mich davon fernzuhalten. Also mit Alma schreibt er E-Mails. Wahrscheinlich lange und unheimlich kitschige, megawitzige und tiefgründige Scheiß-E-Mails. Passt zu ihr. Tja, jetzt haben wir auch E-Mail-Adressen ausgetauscht. Wie in Mums und Dads Jugend.

I'm on a boat.
Mal wieder.

Auf dem Boot. Mit Klapperkahn-Vollgas Richtung Festland. Zeit zu rekapitulieren. Schnief, schnief. Abschied. Wie traurig. Ich hasse Abschiede. So ein Abschied von Orten und neuen Reisefreunden ist so viel schlimmer als von Oma und Tilda und allen zu Hause, weil man nicht weiß, ob man die Personen je wieder zu Gesicht bekommt. Wobei man das bei Oma und ihrer Vorliebe für schnelle Motorräder und rücksichtslose Überholmanöver in Kurven auch nie weiß. Also, ob man sie wiedersieht. Lebendig. Und in einem Stück.

Aber der Reihe nach. Gestern war ein absolut perfekter letzter Tag im Inselparadies. Nach dem Mittagessen im kleinen Restaurant von Sai und Daeng haben wir die Motorroller vom Verleih geholt und sind losgefahren. Und – festhalten – ich saß bei Tim hinten auf dem Roller! Er ist stolzer Rollerführerscheinbesitzer.

Da ich mich natürlich nicht aufdrängen wollte, stand ich bei der Sitzplatzvergabe ein bisschen unschlüssig rum und wollte gerade in Zeitlupe Richtung Mias Roller gehen, als mich eine wunderschöne Hand an der Schulter packte:

»Darf ich bitten?« Mit schwungvoller Verbeugung deutete Tim auf seinen Roller. »Habe mich extra für ein schnittiges grünes Modell entschieden, Madame. Bei Grün handelt es sich doch um Ihre Lieblingsfarbe?«

»Aber ja doch. Welche Farbe hätten Sie sonst genommen, werter Herr?« Versuchte meine beste, reservierte und unbeeindruckte Queen-Elizabeth-Imitation an den Tag zu legen. Sehr schwer, wenn man gleichzeitig fett grinsen muss.

»Rot-Weiß. Um meine Bayern-Liebe zur Schau zu tragen, my dear!«

Fabi und Gustav saßen bei Teenboy-Dad hinten drauf. In Deutschland wäre das ja mal voll illegal, aber hier fahren ganze Großfamilien inklusive Oma, Baby und Hund auf einem Roller. Mia hatte einen für sich und Mum und Dad haben sich einen geteilt. Mum am Steuer und Dad mit der Kamera in der Hand hintendrauf. Paparazzo-Style.

Aber zurück zu den wichtigen Dingen des Lebens: Tim und ich. Es war wie in einem italienischen Liebesfilm. Am Anfang habe ich mich mit meinen Händen hinter dem Sitz abgestützt, aber nach einer Weile meinte Tim, es wäre sicherer, wenn ich mich an ihm festhalte … Das hab ich mir natürlich nicht zweimal sagen lassen. Und wieder hat er umwerfend gut gerochen. Wieder Sonnencreme, aber weniger salziges Meer und mehr frisches Shampoo. Einfach gut!

Zudem hat er sehr weiche Haut. Baby-Popo-Haut. Body-Lotion-Werbung-weiche Haut. Habe ich beim Unauffällig-Anschmiegen gemerkt.

Wir sind in unserer bunten Gruppe über die geschwungenen Inselstraßen gefahren und es war sogar noch schöner als in einem italienischen Liebesfilm.

Ah, kommen gleich am Hafen an. Fortsetzung folgt. Fahren mit dem Nachtzug nach Chiang Mai … Also in den Norden. Da werde ich viel Zeit haben, alles Wichtige zu berichten.

Hogwarts-Express nach Chiang Mai

Sitzen im Zug. Endlich. Vom Hafen zum Bahnhof mussten wir noch gefühlt drei Stunden in einem alten Rost-Bus durch die Gegend cruisen. Keine Ahnung, warum Mum und Dad immer die billigsten Busse buchen. Die Klimaanlage war auf minus zehn Grad eingestellt. Ich finde es beeindruckend, dass selbst die ältesten Schrottbusse stets so eine funktionstüchtige Klimaanlage haben. Frei nach dem Motto: Wenn schon nicht sicher, dann wenigstens kalt. Richtig gute Prioritätensetzung. Gleichzeitig schwenkte der Bus bei jedem halsbrecherischen Überholmanöver dramatisch nach links und rechts und links und rechts. Man erwartete jeden Moment, dass er einfach umkippen würde.

Und so gesellte sich zum allgemeinen Frieren ein solides Maß an Angst und Übelkeit.

Dann doch lieber Zug. Auch, wenn es rattert wie verrückt. Also, der Zug auf den Schienen.

So, jetzt muss ich aber endlich mal die finalen Erinnerungen an den Abschieds-Inselrundfahrts-Tag festhalten: Dass ich wie in einem Liebesfilm an Tim angeschmiegt auf dem Roller saß, habe ich ja bereits beschrieben. So schön, das kann man ruhig noch mal aufschreiben … seufz.

Dann war das Ziel erreicht. Vor unseren Augen: Ein vollkommen unspektakulärer Parkplatz mitten im Busch. Ein sehr ernüchterndes Bild, wenn man in den letzten Minuten jeden Moment davon ausgegangen war, hinter der nächsten Biegung das thailändische Äquivalent der Niagarafälle zu erblicken. Und wo waren überhaupt die ganzen anderen Menschen? Um was für ein mickriges Wasserfällchen musste es sich denn hier handeln, wenn keine Horden von Instagrammern und Bloggern in sexy Bikinis und großen Sommerhüten dorthin pilgerten? Ich war skeptisch.

Aber so wie man den Tag nicht vor dem Abend loben sollte, sollte man den Wasserfall nicht nach dem Parkplatz judgen.

Nachdem wir bei tropischen 33 Grad im Schatten und 100 Prozent Luftfeuchtigkeit fünf Minuten einen Pfad entlanggetrabt sind, waren wir allesamt so am Schwitzen, dass unbeteiligte Beobachter die ganze Veranstaltung auch für einen Baby-Öl-Werbespot hätten halten können.

Ich konnte den Schweiß meine Beine entlanglaufen fühlen. Ich hoffte inständig, dass mir das den Happy-Glow-Look verlieh, ahnte aber, dass es eher der Gestresst-beim-Schulsport-Look sein würde.

Jede Faser meines Seins sehnte sich danach, endlich in die kühle Tiefe des Wasserfalls einzutauchen.

Als ich schon fast alle Hoffnung aufgegeben hatte, bogen wir ein ins Paradies. Vor unseren Augen öffnete sich der Wald und ein wunderschöner, beeindruckender Wasserfall hieß uns willkommen. Das Rauschen des Wassers und die Millionen kleinen Tröpfchen, die wie wild durch die Luft wirbelten, fühlten sich an wie ein Schulterklopfen von Gott persönlich.

Während alle vernünftigen Leute sich sofort in das erfrischende Nass gleiten ließen, das sich in dem kleinen Pool zu Füßen des Wasserfalls sammelte, machte Tim sich direkt auf und kletterte am Wasserfall hinauf. Na toll.

Trotz tiefsitzender, lähmender Höhenangst schaffte ich es durch eiserne Selbstdisziplin und motiviert durch den Anblick seiner schönen Waden, Tim hinterherzuklettern und stand schließlich stolz und außer Atem neben ihm.

»Yo, lass mal reinspringen! Du oder ich zuerst?« Voller nervöser Vorfreude stand Tim gefährlich dicht am Abgrund und blickte abwechselnd erwartungsvoll nach unten und in mein Gesicht.

Springen? Vom Wasserfall? Ins Wasser? Ich?! Niemals. Never ever.

Leider ist mir neben dem Herz in die Hose auch jegliche Schlagfertigkeit aus dem Kopf gerutscht. Brainfreeze hoch tausend.

Alma wäre bestimmt gesprungen. So cool wie sie ist. Dreifach gedrehter Salto und danach ohne verschmiertes Mascara fresh aus dem Wasser auftauchen und verführerisch in eine gekühlte Milchschnitte beißen.

Ich hingegen bin ein rationaler und risikoscheuer Mensch. Von einem Wasserfall springen gehört nicht zu den smartesten Ideen. Genau genommen ist es eine extrem dumme Idee für einen eigentlich so intelligenten Menschen wie Tim.

Bevor ich meine Meinung kundtun konnte, stand schon Mia vor uns. Resolut und bestimmt machte sie Tims selbstmörderischen Absichten einen Strich durch die Rechnung.

»Wagt es ja nicht! Tim, ein falscher Schritt und ich kündige den Pro-Asyl-Dauerauftrag in deinem Namen.«

Eine wirkungsvolle Drohung. Tim war sofort vom Abgrund weg und guckte Mia vorwurfsvoll an.

Dad war sehr enttäuscht, dass niemand gesprungen ist, er hatte schon Stativ und Kamera aufgebaut und darauf gehofft, jemanden bei einem spektakulären Sprung festzuhalten. Also fotografisch. Nicht wortwörtlich. Das wäre bei so einem Vorhaben ja eher kontraproduktiv gewesen.

Die Rückfahrt war genauso schön wie die Hinfahrt. Diesmal habe ich mich gleich von Anfang an getraut, mich an Tim festzuklammern ... oder anzukuscheln. Nachdem wir die Motorroller wieder beim Verleih abgegeben und unserem schnittigen grünen Modell ein letztes Mal zugewunken hatten, sind wir beim Super-duper-Geheimtipp essen gewesen. Diesmal ohne Spezialität des Hauses. Leider. Hätte gerne noch mal ein Hummergesicht gesehen. Und ein paar Männertränen. Die Stimmung während des Abendessens war bedächtig und ruhig.

Zum Abschied hat Tim mich daran erinnert, dass ich ja nun seine E-Mail-Adresse habe. Daraus schließe ich ein Interesse seinerseits, mit mir in Kontakt zu bleiben. Sehr erfreulich.

Schließlich nahm er mich so lange in den Arm, dass ich mich am liebsten ganz fallen gelassen und den Rest meines Leben so existiert hätte. Mit seiner warmen, weichen Haut auf meiner und seinem perfekten Tim-Geruch in der Nase. Aber dann kam schon Gustav und wollte auch von Tim umarmt werden und ich schaffte es gerade so, den Impuls zu unterdrücken, Gustav wegzuschubsen. Ich wandte mich Mia zu, die mich ähnlich lange wie Tim in den Arm nahm.

Als dann alle jeden umarmt und verabschiedet hatten, haben wir uns von den Terrassen unserer Bungalows aus noch zugewunken und uns gegenseitig ein »Hoffentlich bis ganz bald« gewünscht.

Gustav hat noch ein, zwei Tränchen verdrückt, musste mit Schokolade getröstet werden und dann ging es ins Bett.

Nachtzugfahren ist übrigens eine recht gemütliche und kuschelige Angelegenheit. Gerade hat es angefangen zu regnen. Monsunregen! Ich fühle mich wie im Hogwarts-Express. Nun hoffe ich nur noch, dass keine creepy Dementoren am Fenster auftauchen und alle meine schönen Erinnerungen an Tim aussaugen.

Finally in Chiang Mai

Nach stundenlanger, gefühlt endloser Fahrt im ratternden Zug sind wir nun endlich in Chiang Mai angekommen.

Kein Meer und kein Tim. Was soll ich hier? Immerhin hat unser kleines Guesthouse einen Pool.

Nun warte ich darauf, dass Dad endlich das iPad rausrückt, damit ich checken kann, ob Tim mir geschrieben hat.

Ich hoffe es so sehr! Frage mich, ob er Koh Samui, beziehungsweise mich, auch vermisst. Vielleicht werden ja Heimweh und Herzschmerz nach Alma durch Heimweh und Herzschmerz nach mir ersetzt. Das wäre ziemlich gut.

Oder er trifft in Vietnam lauter Strandschönheiten und vergisst nicht nur Alma, sondern auch mich. Diese wunderschönen, durchtrainierten blonden Strandschönheiten. Wie ätzend. Ich hasse sie. Also ganz theoretisch.

Fünf Minuten später

Dad ist fertig am iPad. Kurzes Gebet zu Buddha. Bitte, bitte lass ihn geschrieben haben. Please!

Eine Minute später

Nichts. Keine Nachricht. Kein Lebenszeichen. Gut, dass ich mir gar keine Hoffnung gemacht habe und mich alles emotional völlig kaltlässt. Haha.

Alter, was für ein treuloser Typ. Ich weiß ja, dass er wenig online ist, aber ey, Mann. Für mich kann man doch mal eine Ausnahme machen. Er soll unter meiner Abwesenheit gefälligst leiden und sich nach mir verzehren. Wo bleibt der seiner unsterblichen Liebe zu mir geschuldete Brief, pardon, die Mail voller Leidenschaft und Verlangen?

Mist, mein Gesicht scheint mich verraten zu haben. Mum fragt mitleidig, ob Tim nicht geschrieben hat.

Das hat jetzt auch Dad mitbekommen. Großartig. Aber: Laut Dad ist die ganze Teenboy-Family wahrscheinlich gerade noch am Reisen und ohne Internet! Also vielleicht doch kein treuloser Typ, sondern ein einfaches Opfer der Unannehmlichkeiten und Wifi-Losigkeit des Reisens. Hiermit nehme ich alle bösen Gedanken zurück und entschuldige mich stellvertretend bei allen vorhin von mir beleidigten Strandschönheiten.

Also einfach noch ein bisschen warten. Ich meine, natürlich könnte ich ja auch den ersten Schritt machen. Emanzipation und 21. Jahrhundert und so. Hab auch schon echt viel drüber nachgedacht, aber es ist so schwer! Also, das Schreiben.

Man muss die perfekte Balance finden aus:

1. Cool

2. Witzig

3. Interessant

4. Nahbar

5. Unabhängig

6. Mysteriös

7. und so weiter ...

Das kann halt auch richtig schiefgehen.

Da ich leider keine Berater vor Ort habe, muss ich doppelt klug und bedacht sein. Auch wenn ich mir absolut sicher bin, dass Mum und Dad mir nur zu gerne über die Schulter schauen und ihre Dating-Tipps aus dem Mittelalter beisteuern würden. Nein, danke!

Okay ... ich denke, ich gebe Tim noch ein bis zwei Tage. Dann sollte er endlich angekommen sein.

Wenn er dann nicht geschrieben hat, wird es wohl Zeit für ein lässiges: »Hi!« oder »Hey!«

Oder so was in der Art. Also bitte, bitte, liebes Universum, lass ihn vorher schreiben!

Tim im Kopf

Es ist so schwer, nicht die ganze Zeit an ihn zu denken. Selbst die Gedanken, die nicht mit ihm beginnen, enden mit ihm:

- In meinem Kopf: Hm, was esse ich zu Mittag? Tofu mit Cashews? Tofu mit Cashews hat Tim mir bei seiner Papaya-Rettungsaktion bestellt ... Er ist so lieb.
- In der Zeitschrift: Sieben Übungen für dein bestes Sixpack. Sixpack ... Tim hat das perfekte Sixpack ... Ob er wohl gerade Sit-Ups macht?
- Auf der Straße läuft ein sonnengebräunter, langhaariger Typ rum ... Ob er wohl Surfer ist? Surfen ... Surfboards ... Stand-Up-Paddleboard ... Tim!

Meine geistige Funktionsfähigkeit ist enorm eingeschränkt. Mein an mich gestelltes Ultimatum läuft noch eineinhalb Tage. Sonst muss ich schreiben. Vielleicht sollte ich dem Ganzen ein Ende setzen und meine geistige Freiheit wiedererlangen, indem ich ihn einfach anschreibe.

Wobei … Denkfehler. Als ob es dann weniger schlimm wäre, auf eine Antwort zu warten, als auf einen ersten Schritt. Dann wäre es ja noch schlimmer, weil er mich dann aktiv ignorieren würde, falls er nicht antwortet. Tricky.

Ich werde verrückt

Er hat immer noch nicht geschrieben. Ich werde verrückt. Ich muss echt ein elendiges Bild abgeben. Mum hat aus Mitleid meine Internetzeit aufgestockt. Jetzt kann ich immerhin Tilda schreiben. Wobei die gerade hart am Lernen ist. Auch scheiße. Wir Armen.

Kochvorfreude

Yippie, fahren heute Mittag zum Kochkurs! Richtig gut! Da im Hotel schon keine cuten Boys sind, die ich aus der Ferne anhimmeln könnte, um den Kopf von Tim freizubekommen, ist Kochen das absolut Zweitbeste dafür.

Ich liebe Kochen! Und Backen, aber darum geht es jetzt ja nicht. Bin voll gespannt. Werden wohl zuerst einkaufen gehen und dann in die Kochschule. Dort werden wir den ganzen Nachmittag den Kochlöffel schwingen. Benutzt man hier Kochlöffel? Ich werde es erfahren.

Nur noch fertig machen und warten, bis uns das Kochschul-Tuk-Tuk abholt.

Kochen mit Poo

Ich muss Köchin werden. Unbedingt. Oder direkt Koch-lehrerin. Scheiß aufs BKA und Detektivin sein. Kochen ist das Allerallergeilste ever. Eigentlich müsste ich erstmal kurz pennen, um alle Eindrücke zu verarbeiten, aber andererseits habe ich das Bedürfnis, alles direkt aufzuschreiben, solange die Erinnerung noch frisch ist.

Das Kochschul-Tuk-Tuk hat uns abgeholt und dann haben wir unsere Kochlehrerin kennengelernt. Poo. So wie Winnie-the-Pooh. Hab ich natürlich nicht gesagt. Hört sie bestimmt oft.

Poo ist sehr zierlich. So in etwa Gustav-groß. Und die beste Kochlehrerin ever. Geduldig wie eine weise, alte Schildkröte.

Als Erstes sind wir auf den Markt. Es gab alles: Schweine-köpfe, Schweinefüße, riesige lebendige Kröten! Wer isst Krö-ten? Werden die gezüchtet? Gefangen? So viele Fragen … Abgehackte Hühnerfüße. Schleimige, sich im Eimer win-dende Aale. Das Fleisch wurde auf großen Holzblöcken ge-hackt. Jeder deutsche Lebensmittelhygiene-Kontrolleur wäre direkt ohnmächtig in die Fleischauslage gefallen. Die Ven-tilatoren, die über allem wachend unablässig vor sich hin ratterten, haben statt Propellerflügeln Plastiktüten, die wie wild umherflattern und Fliegen verschrecken sollen. Theo-retisch. Praktisch war es den Fliegen ziemlich egal, sie tum-melten sich trotzdem freudig auf Schweineköpfen, Fisch und all den anderen Sachen, bei denen einem der Vegetarier-Magen ganz flau wird …

Wenn man die Fleisch- und Tierteil-Haufen ausblenden konnte, war es supergeil. Obst und Gemüse, so weit das Auge reicht. In allen Farben und Formen. Lauter Früchte, die ich noch nie gesehen hatte. Früchte, von denen man in deutschen Restaurants mal großzügig eine kleine Scheibe an den Rand seines Eisbechers gelegt bekommt, waren hier in Mount-Everest-großen Bergen an jeder Ecke zu haben.

Mit vollen Tüten ging es zurück zur Kochschule – ohne Hühnerfüße oder Schweineschnauzen: thank God! Ein einfaches Holzhaus inmitten von Reisfeldern mit großer, heller Küche. Die perfekte Idylle abseits des ganzen Stadttrubels.

Nach einigen Stunden harter Arbeit hatten wir beeindruckenderweise, und ganz ohne Verletzte, ein Riesenfestmahl produziert. Es gab:

- Fisch beziehungsweise Seitan in Currysoße …

- Fried diced Tofu mit Cashews.

- Papaya-Salat. Jap. Der Todessalat. Aber: Die Chili- und Schärfedosierung lag in unserer Macht! Genauer gesagt in Mums Macht. Und sie hat die perfekte, leichte Spicyness kreiert. Also perfekt für verweichlichte europäische Zungen. Und ich muss sagen: krass lecker. Muss ich ab jetzt öfter bestellen, in mild.

- Als Nachtisch gab es Sticky Rice und Mango. Ich
  war im Himmel.

Immer noch keine Nachricht von Tim. Bin aber zu sehr im
glücklichen Food-Koma, um mich drüber aufzuregen.

Message for Tim

Das Quasi-Ultimatum ist abgelaufen. Mist. Ich kann jetzt entweder meinem Vorsatz entsprechend selbst aktiv werden und den ersten Schritt machen. Oder … noch einen kleinen Tag warten. Und verrückt werden. Das Problem ist, dass ich nur E-Mail-mäßig mit ihm kommunizieren kann. Bei Facebook hätte ich wirklich einfach ein unverbindliches »Was geht? ;)« schreiben können. Aber habe das schon probehalber mal in eine Mail geschrieben und das sieht echt unvollständig aus. Hab jetzt immerhin ordentlich Zeit, einen kurzen und, wie Mum sagen würde, knackigen Text zu schreiben. Muss ja alles nicht schnell gehen. Insgeheim spekuliere ich ein bisschen darauf, dass, wenn ich die Mail tatsächlich losschicken will, schon eine von Tim im Postfach auf mich wartet. Daher null Eile, damit er mir zuvorkommen kann. Also gaaanz langsam buchstabieren und jedes Wort abwiegen …

… So, kurzer, knackiger, erwachsener Text fertig.

Heeya Tim, was geht? Hoffe, ihr seid gut in Vietnam angekommen. Chiang Mai ist sehr nice, gestern haben wir Kochkurs gemacht. Sehr empfehlenswert.
Beste Grüße, Maja

Ich denke, ich gehe noch eine kleine Runde schwimmen und dann schicke ich ihn ab.

Fertig geschwommen. Leider keine Antwort von Tim. E-Mail tatsächlich abgeschickt ... wah. Was, wenn er keinen Bock hat und mir nicht antwortet?

Jetzt erst mal Abendessen.

Wohoooo

Yes! Eine Antwort!

Moin Maja, schön von dir zu hören! Hatte schon gedacht, du hättest mich vergessen ;). Bei uns ist alles nice, Fabi vermisst Gustav. Btw., lese gerade The Circle von Dave Eggers, krass gut, musst du unbedingt auch lesen. Soll ich es mit nach Australien bringen?
Beste Grüße, Tim.

Er hat geschrieben: »Schön von dir zu hören!« Mein Herz war hocherfreut.

Jetzt muss ich nur noch ein gutes Buch lesen, was ich ihm dann empfehlen kann. Lese gerade so ein Shopaholic-Buch aus dem Second-Hand-Buchladen um die Ecke. Aber das kann ich ihm ja wohl kaum empfehlen. Viel zu viel Konsum für den Guten. Er fände das bestimmt moralisch verwerflich. Nachher denkt er noch, ich wäre auch so. Dabei hab ich gar nicht die Kohle, um so viel einzukaufen.

Elefanten-Dilemma

Dilemmasituation. Hm. Der Plan: Elefantenreittour durch den Dschungel. Problem: Elefantenreiten ist brutalste Tierquälerei. Eine Sache, die weder meine Family noch ich auf dem Schirm hatten. Tilda hat mir einen Link geschickt, der mit Artikel und Video die Thematik beleuchtet. Nach fünf Sekunden Video war es genug Beleuchtung und es war klar, dass ich kein Elefantenreiten mache. Also auf zur Anti-Elefantenreit-Mission. Berufe mal eine Familienkonferenz ein.

Habe das Ganze angesprochen. Mum und Dad waren sehr peinlich berührt: Bildungslücke! Mum, die seit Jahren Fördermitglied bei Greenpeace ist, schämt sich sehr.

Gut, dass sie mich haben. Gustav war unglaublich empört. Er ist rot angelaufen und hat seine kleinen Fäuste geschwungen und allen Tierquälern ein frühes und grausames Ende gewünscht. Nieeeeemals würde er freiwillig in seinem Leben je einen Elefanten reiten wollen. Sehr gut!

Also wurde einstimmig entschieden, die Tour zu canceln.

Wenn ich später mal Chefin meiner eigenen Tierschutzlobbyorganisation bin, werde ich in Talkshows vielleicht genau diesen Moment als den Beginn meines leidenschaftlichen, selbstlosen und aufopferungsvollen Kampfes gegen die Ausbeutung unserer Mitgeschöpfe angeben.

Gustav und ich haben statt der Tour einen GANZEN Abend Netflix rausgehandelt. Jetzt geht es nur noch um die

Frage, ob wir Kissing Booth 1, 2 und 3 gucken oder alle Filme mit den Minions. Ich werde jetzt nicht weiter ausführen, warum Kissing Booth die einzig richtige Entscheidung ist. (Jacob Elordi. Duh.)

Letzter Tag in Chiang Mai

Die letzten Tage waren recht unspannend. Schule. Pool. Essen. Lesen. Yoga. Der ganz normale Traveller-Alltag. Morgen geht es ab nach Lop Buri, die Stadt der Affen. Das wird bestimmt, wait for it, AFFENGEIL.

Und nein, ich entschuldige mich nicht für meinen flachen Humor.

Fahrt nach Lop Buri

Auf, auf in die Stadt der Affen! Wieder mal rattern wir im quietschenden und krachenden Zug durch die unendliche grüne Weite Thailands. Australien ist quasi in Sicht.

Ich werde Thailand sehr vermissen. Dad sagt, er wird die Preise sehr vermissen.

Lop Buri – Stadt der Affen

Eigentlich war der heutige Vorfall keine Überraschung. Zumindest hätte er uns nicht überraschen dürfen.

Wir haben uns in die Stadt der Affen begeben. Die Hälfte der Leute hier trägt kleine Steinschleudern. ÜBERALL wird man vor den Affen gewarnt. ÜBERALL. Insofern, nein, der heutige Morgen war genau das, was man hier so erwarten kann.

Nachdem wir unserer Lieblingsbeschäftigung – sprich: über Märkte laufen und Essen kaufen – nachgegangen waren, befanden wir uns glücklich und entspannt auf dem Rückweg nach Hause. In Mums Hand baumelte eine fette Tüte mit süßer, saftiger Ananas als Snack für den Nachmittag. Business as usual.

Wie bei jeder professionellen und hochkriminellen Tat, merkten wir zuerst gar nicht, dass man uns als Opfer auserkoren hatte. Aus den Augenwinkeln hätte man zwar durchaus wahrnehmen können, dass links und rechts ein paar Affen neben uns herschlenderten, aber das ist ja auch nichts Außergewöhnliches hier. Wir waren sogar hocherfreut, schließlich waren wir ja zum Affengucken hier.

Sehr, sehr naiv.

Als wir an einer großen, viel befahrenen Kreuzung warten mussten, passierte es …

Plötzlich rannte der Alpha-Affe der Affengang auf Mum zu, die Ananastüte im Blick.

Im letzten Augenblick realisierte Mum den bevorstehenden Angriff auf Eigentum und Leben und setzte sich zur Wehr. Blitzschnell wurde die Ananastüte weggeschleudert und zum Karate-Kick angesetzt. Der beherzte und Jackie-Chan-würdige Tritt ging jedoch ins Leere. Ziel vom Alpha-Affen war offensichtlich nicht, Mum eine reinzuhauen, sondern die pralle und süß-duftende Tüte köstlichster Ananas.

Die sich mittlerweile in Dads Händen befand. Geistesgegenwärtig wie es sich für einen echten ehemaligen Handballer gehört, hatte der die Tüte aufgefangen. Schlechte Idee. Der Alpha-Affe nahm nun Kurs auf Dad. Einerseits merkte Dad, dass er die Tüte loswerden musste. Andererseits war sein Gehirn scheinbar von dem rapiden Angriff stark überfordert. Statt die Tüte so weit wegzuschleudern wie möglich und uns damit alle aus der Affen-Schusslinie zu retten, fand Dad eine andere »Lösung«. Und auf einmal hatte ein armer und verdutzter Gustav nicht nur die Ananastüten-Bombe in der Hand, sondern auch noch das böse Gefühl, von Dad geopfert worden zu sein. Mit seinen zehn Jahren und als kleinstes Mitglied der Familie fand sich Gustav nun wirklich auf Augenhöhe mit dem abgebrühten Alpha-Affen wieder.

Als erstes betroffenes Familienmitglied zeigte Gustav echte Krisenfestigkeit. Statt die Ananasbombe zu mir weiterzuwerfen wie eine heiße Kartoffel, ließ er sie fallen und lief schreiend weg. Endlich eine vernünftige Reaktion. Der Affen-Anführer schnappte sich die Tüte und rannte triumphierend mit seinen Followern davon.

Ich hab mir fast in die Hose gemacht vor Lachen. So wie all die Einheimischen und Touris, die auf Mopeds und Pickup-Trucks an der Kreuzung gewartet und das Spektakel mitbekommen hatten. Schade, dass das Ganze nicht videotechnisch für die Ewigkeit festgehalten wurde.

Mum und Dad haben uns dann unter dem schallenden Gelächter aller Schaulustigen mit hochroten Köpfen schnell in die nächste Seitenstraße gezogen. Nicht jedoch, bevor Gustav sich wie ein kleiner Zirkus-Clown verbeugt und den ihm zustehenden Applaus kassiert hatte.

Lop Buri: abends

Die Reaktionen von Tim und Tilda auf meine Schilderung der Erlebnisse des gestrigen Tages waren wie zu erwarten pure Begeisterung gemischt mit ernsthaftem Bedauern, nicht selbst vor Ort gewesen zu sein.

Morgen geht es mit dem Zug nach Singapur in den Süden und von dort dann – per Flieger – weiter nach Down Under.

Ich bin gespannt, ob Singapur wirklich so sauber ist, wie man sagt. Habe Gustav zehn Baht geboten, wenn er dort einen Kaugummi auf die Straße spuckt. Ich denke, Kinder werden die nicht in den Knast werfen. Gibt es überhaupt Handschellen für schmächtige Hände von Zehnjährigen?

Vielleicht sollte ich das aber doch noch mal recherchieren ... sonst wären Mum und Dad bestimmt todessauer auf mich. Also, wenn Gustav festgenommen werden würde. Und wahrscheinlich auch, wenn er einen Kaugummi auf die Straße spucken würde. Würde ja ein schlechtes Licht auf die ganze Familie werfen. Auf der anderen Seite wären wir durch so eine Festnahme wahrscheinlich instant-berühmt. Ich könnte tränenreiche Interviews für die Bunte und Buzz-feed geben. Charity-Dinner für die von mir gegründete Free-Gustav-Stiftung veranstalten. Von Taytay über Justin Bieber würde alle kommen und sich für seine Freilassung einsetzen. Ich würde Jura studieren, um ihn schließlich selbst als Anwältin freizukämpfen. Bundesverdienstkreuz und eigener Kinofilm wären mir sicher.

Singapur: letzter Tag auf dem asiatischen Kontinent

Unser letzter Tag in Asien. Singapur genauer gesagt.

Gustav weigert sich beharrlich, den von mir angebotenen Kaugummi zu essen.

Die letzten Tage waren hauptsächlich Power-Sightseeing. Nichts Aufregendes und trotzdem sehr anstrengend. Das einzige Erwähnenswerte ist, dass wir hier in Little India sind, einem Klein-Indien-Stadtteil.

Also sind wir gestern Abend hier im Hotel Indisch essen gegangen. Erschöpft und ausgehungert haben wir einmal die Karte rauf und runter bestellt. Das Essen wurde in wunderschönen kleinen Schüsselchen serviert. Der ganze Tisch stand voll von den verschiedensten Gerichten, in leuchtenden Farben, heiß dampfend und die köstlichsten Gerüche stiegen einem in die Nase. Es war ein wahres Festmahl. Unsere Mägen knurrten mit großem Appetit.

Und dann der erste Bissen. Ich bin fast gestorben. Soooo sauscharf!!! Soooooo scharf!! Papaya-Salat 2.0. Nur ohne einen rettenden Tim. Uns tränten die Augen, die Zungen brannten lichterloh und unsere Köpfe wurden rot. Ich weiß nicht, was uns mehr schockierte: die Schärfe des Essens oder unsere absolute Unfähigkeit, aus unseren Fehlern zu lernen. Wahrscheinlich müssen wir alle noch einmal einen großen Klumpen Wasabi wegsnacken, bevor sich die Lektion, dass andere Menschen sehr viel schärfer essen können als wir, endlich in unsere Spatzenhirne einbrennt. Für kritische Selbstreflexion war jedoch keine Zeit. Das Feuer war zu akut.

Was sollten wir tun? Zum einen waren wir hungrig und zum anderen wollten wir ja nicht so viel (zumindest köstlich riechendes) Essen zurückgehen lassen. Zudem, immer im Blickfeld: der unglaublich freundliche und sehr um uns bemühte Hotelbesitzer, der sich alle fünf Minuten nach unserem Wohlergehen erkundigte. Am Schluss hat sich Dad geopfert und versucht, so viel es geht zu futtern, während wir nur Mini-Löffelchen auf unsere Teller gehäuft und dann etwas herumgerührt hatten, damit es zumindest so aussah, als hätten wir ordentlich reingehauen. Immerhin war die akustische Untermalung perfekt und authentisch, da Dad in regelmäßigen Abständen schmerzhaft aufstöhnen musste, was sehr nah an einem zufriedenem Genuss-Stöhnen war. Am Ende haben wir uns alle überschwänglich bedankt und sind zum kleinen »Verdauungsspaziergang« aus dem Hotel geflohen.

Und direkt in den nächsten Cornershop, wo Mum ihren Rucksack so mit Snacks, Schokoriegeln und anderem Fertigzeugs vollstopfte, dass der bei jedem Schritt raschelte wie eine Monsterchipstüte. Entsprechend laut redend sind wir dann durch die Lobby in unser Zimmer, immer schön lachend, um die Chipstütengeräusche zu überdecken und bloß nicht die Gefühle des unglaublich herzlichen Hotelbesitzers zu verletzen. Nicht, dass er auf die Idee kommt, dass nach seinem köstlichen Essen noch Platz in unseren Mägen wäre! Manchmal frage ich mich, ob wir es übertreiben.

Singapur:
späterer Abend

Titanic läuft im Fernsehen. Bis jetzt habe ich mich immer geweigert diesen Klassiker der Filmgeschichte zu gucken.

Nachdenken über Schiffe

Titanic ist zu Ende.

Liege im Bett und kann nicht aufhören, über Schiffe nachzudenken. Eigentlich ist es ja schon gut, dass wir fliegen und nicht per Schiff nach Australien schippern wie die ganzen englischen Gefangenen früher. Monatelang seekrank unter Deck mit schlechtem Essen. Allein bei der Vorstellung wird mir ganz übel und dann die ständige Gefahr, einen Eisberg zu rammen, um in klirrender Kälte auf einem Zwei-Personen-Brett herumzudümpeln.

Ich finde es übrigens sehr offensichtlich, dass das Brett groß genug für zwei (!!) Leute gewesen wäre. Armer Leo. Das regt mich richtig auf. Gustav regt sich auch auf. Mum meint, sie hätte sich vor zwanzig Jahren genug darüber aufgeregt und hätte nun ihren Frieden damit gemacht.

Andererseits verpesten wir durchs Fliegen hardcore die Luft, verbrennen Rohstoff ohne Ende und sorgen dafür, dass zukünftige Generationen in Ostfriesland mit Booten statt mit dem Fahrrad zum Einkaufen fahren müssen.

Wobei der ökologische Fußabdruck von Schiffen ja auch sehr miserabel sein soll.

Warten auf
Taxi zum Flughafen

Mum ist unmöglich! Ich habe gerade noch die letzten Minuten Wifi hier im Hotel ausgenutzt und mit Tilda gechattet, die mir UNBEDINGT ein Video zeigen wollte. Bevor ich aber auch nur auf den Link klicken konnte, hat Mum mir das iPad weggeschnappt und es verstaut. Angeblich ist packen und auschecken wichtiger, als süße Hundebabies oder dancende Omas anzugucken. Ihre Worte. Nicht meine. Danke auch, Mum! Es hätte auch ein Ted-Talk über das Gelingen von Eltern-Kind-Beziehungen oder eine aufwühlende Reportage über die schrecklichen Folgen von Schleppnetzeinsätzen im Meer sein können. Als ob wir nur über Hundebabies schreiben würden. Wir sind verdammt noch mal gebildete junge Frauen von Welt.

Außerdem schickt gerade Mum regelmäßig süße Hundevideos an mich. Besonders, wenn ich schlecht drauf bin. Mist, schon nicht mehr sauer auf sie. Aber noch ein bisschen empört.

Taxiiiii!!!

G'day!

G'day, mate!! Wir sind in Australien aka Down Under aka Oz gelandet! Mal wieder fast ohne Zwischenfälle.

Ein beinahe reibungs- und ereignisloser Flug. Wenn man von zwei kleinen Schluckäufchen absieht:

a) Dad hatte scheinbar irgendwie vergessen, dass Messer NICHT ins Handgepäck gehören. Erst recht keine Buschmachete mit einer dreißig Zentimeter Klinge. Angeblich hat er sie beim Packen übersehen.
Die Lady am Security-Check war not amused. So gar nicht. Während Dad in einen kleinen Verhörraum eskortiert wurde und zu seinen geplanten terroristischen Aktivitäten befragt wurde, wurden alle unsere Sachen nochmal durchleuchtet. Sippenhaft. Die Leute in der Schlange waren auch not amused. So peinlich ... Wäre, mal wieder, am liebsten im Boden versunken. Dass Dad kein Terrorist ist, sondern einfach nur verpeilt, haben die Security-Leute wohl erst geglaubt, als er anfing Reisefotos auf dem Handy zu zeigen. Ein Selfie mit Boxershorts auf dem Kopf und neonfarbener Fake-Ray-Ban auf der Nase (Familien-Verkleidungsabend auf Koh Samui). Weiß ja jeder, dass Terroristen keine Boxershorts-Selfies machen. Dad wurde uns dann von zwei lachenden Security-Dudes zurückgegeben und wir konnten unseren Weg gen Flugzeug fortsetzen.

b) Der nächste kleine Schluckauf war dann Mum zu verdanken. Aufgrund der einzigartigen Flora und Fauna
in Oz ist die Einfuhr von OBST/GEMÜSE/TIEREN/
NÜSSEN/DRECK strengstens verboten. Ziemlich klar.
Mum weiß das auch eigentlich. Aber leider hatte sie als gesunden Proviant für die monatelange Reise von Singapur
nach Sydney ordentlich Äpfel und Mini-Bananen eingepackt. Und weil wir im Flugzeug sehr gut versorgt worden
waren und den mitgebrachten Proviant nicht angerührt
hatten, mussten die Früchte vor der Einreisekontrolle in
Australien vernichtet werden. Mum schmeißt aber nur äußerst ungern Essen weg. Schönes Wetter und so. Nachdem ihr kläglicher Versuch gescheitert war, uns dazu zu
animieren, bei der Apfel-durch-Aufessen-verschwinden-
lassen-Aktion zu helfen, saß sie zwanzig Minuten allein
mit verzweifeltem Blick in den Augen zwischen zwei riesigen Mülltonnen und mampfte einen Apfel nach dem
anderen. Nicht nur ihre treulose Familie, auch die anderen vorbeikommenden Reisenden waren dem Obst gegenüber vollkommen abgeneigt, das ihnen die hektisch
kauende Frau mit den zerzausten Haaren und dem ver-
zweifelten Lächeln entgegenstreckte.
Lediglich ein kleiner Junge im Kindergartenalter war ganz
begeistert und wollte gerade eine Mini-Banane entgegen-
nehmen, als ihn die Mutter rabiat weiterzog:
»Darling! I told you not to take sweets from strangers!
That woman could be a mass murderer!« Mum als
Massenmörderin. Funny. Aber auch ein bisschen übertrieben.

Irgendwann war dann Schluss und zwei arme kleine Äpfel und vier Mini-Bananen wanderten in den großen Mülleimer. Und wir der Einreise ein Stück näher.

Hostelbett im Cheeky Little Monkey-Pig-Hostel

Endlich im Hostel. Ich glaube ich bin gejetlagt. Mum und Dad werden sich gleich auf den Weg machen, um ihrer Rolle als Ernährer der Familie gerecht zu werden und möglichst viel Essen heranzuschaffen. Ich habe nur Angst, enttäuscht zu werden. So wie in Singapur. Eine weitere Essensenttäuschung wäre sehr hart und kaum zu verkraften.

Ich werde mir dann gleich entspannt das iPad schnappen und mir das Tilda-Video angucken. Muss mal ausrechnen, wie spät es zu Hause ist. Vielleicht ist Tilda ja gerade wach.

OMG

OMGOMGOMGOMGOMGOMGOMGOMG.

Ich hatte fünfzehn neue Nachrichten!!! Ich dachte erst kurz, wir hätten meinen Geburtstag verpasst. Aber nein.

Viel krasser.

Puh. Durchatmen. Ein ... und aus ... ein ... und aus.

Tilda ist nicht die Einzige, die mir unbedingt ein Video hatte zeigen wollen. Das Video ist offenbar der große Hit und alle (wirklich ALLE) scheinen es gesehen zu haben. Nein, kein Hund, der Skateboard fährt, oder eine dancende Omi. Die AFFENATTACKE aus LOP BURI. Mein heimlich geäußerter Wunsch, dass das Ganze in filmischer Form hätte festgehalten werden sollen, wurde erhört.

Das leicht verwackelte Video der Show ist ein YouTube-Hit. Meine Family ist viral. OMG.

(Ich war noch nie so glücklich, Abstand zu meiner Familie gehalten zu haben. Ich bin NICHT in dem Video.)

Ich hatte ungefähr zehn Updates von Tilda, in denen sie mich über die minütlich steigenden Views auf dem Laufenden hielt, sowie unendlich viele Nachrichten, die rein aus Tränenlachsmileys bestanden. Fuck.

Später

Also. Das Video ist schon sehr lustig. Sehr lustig für alle Unbeteiligten und todespeinlich für alle Beteiligten.

Dass auch einfach alle checken, dass diese drei verrückten Affenopfer und ich verwandt sind. Das kommt davon, dass Dad immer so megamotiviert zu allen Schulveranstaltungen mitkommt. Mann. Ey. Mum und Dad sind immer noch nicht zurück.

Nächster Akt der Video-Tragödie ... oder Komödie ... Tragikkomödie ... wie auch immer

Dad ist eine Furie. Eine Über-Furie. Der Furinator. Er will direkt ALLE wegen Persönlichkeitsrechtsverletzungen und so verklagen. ALLE. Wer auch immer ALLE so sind. Er sitzt wie ein Rasender am Laptop. Ich warte auf den Moment, wenn zum ersten Mal Feuer aus seinen Nasenlöchern schießt. Es kann nicht mehr lange dauern. Er hat scheinbar auch ein paar Mails bekommen. Alle finden es lustig. Nur wir nicht. Also ich schon ein bisschen. Gustav auch. Aber der ist noch zu klein, um die Reichweite des Internets und vor allem das virtuelle Elefantengedächtnis zu checken. Er freut sich über seine Fifteen Minutes of Fame, kleine Rampensau.

Mum ist aber natürlich auch seeehr erbost.

Aber nichts im Vergleich zu Dad. Er ist im Rage-Modus. Gut, dass er kein Oberbefehlshaber einer einsatzbereiten Streitmacht ist.

Er will jetzt rausfinden, wer das Video zuerst gepostet hat. Die werden dann erst mal zunichtegemacht, verklagt und gezwungen, das Video zu entfernen, sich aus Demut ein Schwert ins Herz zu rammen und öffentlich ihre eigene Wertlosigkeit zu bezeugen. Ich habe versucht, ihn darauf hinzuweisen, dass es ein eher schwieriges Unterfangen sein dürfte, ein Video aus dem Netz zu entfernen. Keine gute Idee. Ich glaube, wir sollten ihm die Hoffnung lassen, dass das Internet ein kleiner überschaubarer Raum ist, wo man ein Video so einfach wie ein Graffiti entfernen kann. Zumindest braucht er gerade was, was er aktiv angehen kann. Eine Mission.

Kurze Werbepause

Dad ist noch am Ragen. Und wie wild am Recherchieren, um die Verantwortlichen zur Rechenschaft zu ziehen und ihnen und ihrer kompletten Sippe den Garaus zu machen.

Er schafft es sogar irgendwie, einen Cookie nach dem anderen auf so eine rabiate Art und Weise zu verschlingen, dass er dabei furios und böse aussieht.

Weiter mit dem
Drama-Tragikkomödien-Ding

Die Verantwortlichen sind gefunden. *Traveltravel.de.* Onlineausstatter für Reisende.

Dad hat das iPhone in der Hand, springt von einem Fuß auf den anderen und boxt in die Luft. Er scheint sein eigener Cheerleader für das kommende Gespräch zu sein. Go Daddy! Gustav und Mum feuern ihn auch an und werfen ihm weiter Cookies zu wie einem kleinen Äffchen im Zoo. Es ist ein tolles Bild.

Dad hat den Raum verlassen. Für optimale Bedingungen fährt er auf die Dachterrasse. Besserer Empfang und Ruhe. Sagt er. Ich denke, der Blick über Sydney gibt ihm das Gefühl, er wäre der Big Boss in einem New Yorker Wolkenkratzer.

Dad ist gerade kurz wiedergekommen. Sonnencreme vergessen. Und Sonnenbrille und Cappy. Niemand sollte vorzeitige Hautalterung und Hautkrebs in Kauf nehmen. Auch nicht für das Big-Boss-Gefühl.

Finale, oder letzter Akt

Dad ist gerade zurückgekehrt. Wie Aragon von Herr der Ringe nach einem epischen Kampf. Schweren Schrittes. Eine große Last auf den Schultern. Den Kopf voller bedrückender und verzweifelter Erinnerungen ... Scherz.

Dad ist zurückgekehrt. Allerdings mit erstaunlich leichtem Schritt (rückblickend erscheint das Wort hüpfend durchaus angebracht) und seltsam verzogenem Gesicht. Für einen Moment dachte ich, er hätte so hart kassiert, also verbal, dass er kurz vorm Weinen wäre. Aber dann hat er die Beherrschung verloren und ein breites Grinsen kam hervor. Dad ist jetzt Instagrammer, also Influencer.

#Instadad #traveldad #WTF

Während Dad vor Adrenalin strotzend und zum Gefecht bereit in das Telefongespräch ging, wurde er von einer unglaublich freundlichen Mitarbeiterin direkt an Jule weitergeleitet. Und nachdem Dad wohl fünf Minuten rumgeragt hat, hat die gute Jule ihn mit Komplimenten überschüttet und gefragt, ob er nicht als Fotograf auf Instagram gesponserte Posts für *Traveltravel.de* machen möchte. Denn der wehrte Herr Papa hat einen eigenen Account! Einen vor uns geheim gehaltenen Instagram-Account! Er hat zwar erst 78 Follower, aber Jule meinte, wenn sie ihn bei Traveltravel verlinkt, wird das ganz schnell mehr. Und schon ist die ganze Wut und Furiosity durch eine kleine Instagram-Influencer-Möhre in absolutes Wohlgefallen umgewandelt worden.

So viel also zum Digital Detox, DAD. Was für eine Zwei-Klassen-Regelung. Alle müssen digital-detoxen und Dad ist einfach mal Influencer. Im Angesicht des gerade erst abgeflauten Rage-Zustandes, schien es mir jedoch nicht der richtige Zeitpunkt zu sein, um diese Doppelmoral zu thematisieren.

Aber ich habe schon mal angefangen, jeden Satz, den ich an Dad richte, ordentlich mit Hashtags zu versehen.
#versteherspaß #instafamousdad #seriously

Mum und Gustav machen mit. Kleine Rache.

Sydney

Wir bleiben jetzt tatsächlich einen Tag länger im wunderschönen Sydney #ichbeschwermichjagarnicht. Morgen kommt nämlich per Express-Kurier-Lieferung ein Paket aus Deutschland von *Taveltravel.de* an. Mit den Sachen posiert Dad dann, schreibt was dazu und schon macht es Ka-Tsching in der #Reisekasse.

Das berühmt-berüchtigte Video wurde nun übrigens NICHT entfernt. Es enthält jetzt lediglich einen Link zu Dads Insta-Account.

PAKET IST DA

Nach einem wundervollen Sightseeing-Tag in dieser wunderschönen Stadt, völlig ausgepowert und mit Blasen an den Füßen, schleppten wir uns mit letzter Kraft zum Post-Office, um Dads *Traveltravel.de* Paket in Empfang zu nehmen.

Es war RIESIG. Sollten gewisse Erwartungen vorhanden gewesen sein, sie wurden übertroffen.

Im Paket war neben einem handgeschriebenen Kärtchen des Traveltravel-PR-Teams ein ganzer Haufen an mehr oder weniger nützlichen Produkten.

- Ein Paar Wanderschuhe. Als Dad das Preisschild entdeckte, wurden seine Augen ehrfurchtsvoll. Das sind wohl die Lamborghinis unter den Wanderschuhen. Wow. Behutsam, als würde er eine alte chinesische Porzellanvase aus der Ming-Dynastie in den Händen halten, wurden die Schuhe begutachtet.

- Dazu gab es eine gefühlt drei Kilo schwere Taschenlampe, die auch super als Knüppel oder Hantel herhalten kann. Wenn man sie denn hochgehoben bekommt.

- Ein Stativ. Genau das, was Dad braucht. Ein neues Mitglied für seine bereits lächerliche Ausmaße annehmende Stativ-Sammlung.

- Einen wasserabweisenden Outbackhut.

- Vier T-Shirts mit dem Traveltravel-Logo.

Dads Rucksack platzt aus allen Nähten. Es bedurfte der vereinten Anstrengungen aller Familienmitglieder, um den letzten Reißverschluss mit Gewalt zuzuziehen.

Jetzt steht der Rucksack wie eine Weißwurst kurz vorm Platzen in der Ecke und ich warte nur auf den Moment, wenn eine falsche Bewegung diese Traveltravel-Bombe sprengt und sich der Inhalt explosionsartig in alle Richtungen verteilt.

Alice Springs

Wir sind in Alice Springs gelandet. Bevor wir uns an der australischen Ostküste entlanghangeln werden, werden wir hier eine Woche lang Sightseeing der Extraklasse betreiben. Geführte Tour durchs australische Outback mit einer Gruppe anderer echter Traveller. Morgen geht es direkt los zum Uluru (früher mal durch die britischen Kolonialisten Ayers Rock genannt).

Im Bus

Okay, heute geht es noch nicht zum Uluru, der als großes Finale herhalten muss, sondern erstmal nach Kata Tjuta. Auch bekannt als Olgas. (Bin ich die Einzige, die bei dem Namen eher an eine Gruppe polnische Omis mit Kopftuch und Pierogi denkt als an eine Felsformation im australischen Outback?)

Die Reisegruppe scheint ganz nett. Gustav und ich sind mal wieder, mit großem Abstand, die Jüngsten. Daran sind wir ja mittlerweile gewöhnt. Im Folgenden eine kurze Charakterstudie der anderen:

Travelbuddies

- <u>Bea:</u> #Mitte30 #Darmstadt #eatpraylove #aufdersuchenachsichselbst #Yoga #Scheidung #aufdersuchenachspirituellenorten #Müsli #anstrengend

- <u>Cora und Bernie:</u> #Mitte70 #vollfitfürihrAlter #Oxford #Professoren #verybritish #timtamsinderhandtasche #lovely #Dauerwelle #Rauschebart

- <u>Alec:</u> #Mitte30 #Normalo #Durchschnitt #American #magtrumpnicht #still

- <u>Sarah:</u> #etwa20 #magtrumpauchnicht #Backpacker #1Dreadlockeamhinterkopf

- <u>Shane:</u> #Reiseführer #Aussie #g'daymate #Cap #nuscheltsohartkaumzuverstehen

Meine Hashtag-Fähigkeiten sind mittlerweile wahrlich exzellent. Ich sollte Dads offizielle Hashtaggerin werden.

Am Fuße des Uluru

Die letzten beiden Tage waren super. Die Olgas waren beeindruckend. Außerdem haben wir nachts unter freiem Himmel geschlafen! Ja, trotz Spinnen und Skorpionen. Hatten unsere Schlafsäcke in sogenannte Swags gepackt. Also größere, robustere, wasserabweisende Über-Schlafsäcke. Wahrscheinlich sind die Aussies deswegen so cool. Weil sie sogar im Swag schlafen. Again, sorry not sorry für diesen Antiwitz.

Heute war der spektakuläre, lange ersehnte Tag: Wir waren am Uluru! Dieser riesige strahlend rote Berg/Stein/Felsen mitten im Nirgendwo, der im Licht des Sonnenaufgangs gestrahlt hat wie ein Feuerberg. Eine der wenigen Sachen, für die sich Frühaufstehen tatsächlich lohnt.

Sind dann alle einmal rumgelaufen. Draufklettern ist voll scheiße und verboten, weil der Berg den Anangu heilig ist und dann hat man einfach nicht draufzuklettern.

Dad hatte heute seinen ersten richtigen Einsatz als Influencer. Ist eben auch sehr spektakulär, der Uluru. Als passendes Produkt zum Bewerben hatte er sich das supersuperschwere und robuste Paar Wanderschuhe ausgesucht. Aber spricht ja nichts dagegen, ein paar Stündchen in etwas schwereren Wanderschuhen zu laufen, um diese dann fotogen und Instagram-gerecht irgendwo abzulichten. Tja, außer die Tatsache, dass die Schuhe etwa drei Nummern zu klein waren. Dieses winzige Detail hatten wir beim Bewundern im Hotelzimmer dank unserer Verblendung nicht be-

merkt. Aber getrieben von seinem steten und sehr ausgeprägten Drang zu gefallen (»Ich hab Jule schon gesagt, dass
ich es hier mache. Ich kann unter keinen Umständen einen
Rückzieher machen!« [O-Ton Dad]), wurden die Schuhe einfach stylish um die Schultern gehängt und mit voller Foto-
ausrüstung im Gepäck machte Dad sich tapfer auf den Weg.

Wer Influencer sein will, muss leiden. Vollgepackt wie
ein Lastenesel und mit der Geschwindigkeit einer Nackt-
schnecke erfuhr Dad diese allgemein anerkannte Wahrheit in der erbarmungslosen australischen Sonne am eigenen Leib. Langsam und leidend, mit Instagram-benebel-
tem Blick fehlte Dad die Kraft, die natürliche Schönheit
des Uluru angemessen zu wertschätzen. Die Schweißperlen in seinen Augen taten ihr Übriges. Obwohl Mum damit beschäftigt war, Dad regelmäßig den Schweiß von der
Stirn zu wischen, damit er zumindest etwas sehen konnte,
und gleichzeitig Motivationscoach und Fotografin spielte.

Es war eine jämmerliche Prozession, die sich gefühlte
Stunden nach mir zum Tourbus schleppte und mit der Bitte
nach Wasser und Schatten auf den Lippen vor mir in die
Knie ging.

Es bleibt zu hoffen, dass sich die Anstrengung und Auf-
opferung gelohnt hat.

Campingplatz-Toilettenhäuschen

Die Anstrengung hat sich nicht gelohnt. Alles umsonst. Selbst Photoshop kann nichts gegen den schwitzigen und leidenden Anblick tun, den Dad abgibt. Seinem Gesichtsausdruck nach handelt es sich bei dem gesponserten Produkt nicht um Schuhe, sondern Folterinstrumente. Keine gute Werbung.
#LeidforLikes #Instaschmerz

Die Enttäuschung in Dads Gesicht war so schrecklich mit anzusehen, dass ich ins Toilettenhäuschen geflüchtet bin. Hier ist es ruhig und mein Herz zerspringt nicht vor Mitleid.

Morgen wollen sie es noch mal versuchen … zum Sonnenaufgang. Dann ist es etwas kühler. Mit frischen Füßen, Puder und ordentlich Schmerztabletten. Daumen drücken.

Goodbye Outback

Sind auf dem Rückweg nach Alice Springs. Fünf Stunden Fahrt. Danach Flieger nach Sydney. Yay.

Gustav pennt neben mir und sein Kopf rollt schon gefährlich von links nach rechts. Ich wette auf vier Minuten, bis ihm ein Sabberfaden aus dem Mund hängt. Urgh.

Okay, ich muss kurz die Ohren spitzen. Shane erzählt Sarah und Bea weiter vorne im Bus von so einer Lindy, die irgendwann mal am Uluru Urlaub gemacht hat, und dann ist ihr Baby verschwunden. Sie hat behauptet, ein Dingo hätte es geklaut. Ja, klar. Was für eine Ausrede ...

Diese Lindy ist dann in den Knast gekommen. Und ... OMG, später hat man herausgefunden, dass sie die Wahrheit gesagt hatte. Ein Dingo hatte tatsächlich ihr Baby verschleppt ... Lindy saß völlig unschuldig im Knast!

Die Arme. Ich wünschte, ich hätte nicht die Ohren gespitzt. Ich bin traumatisiert. Wieso erzählt Shane so was?

Oh, jetzt geht es um ein junges Backpackerpaar, das nachts allein auf dem Highway unterwegs war ... auf dem Highway, auf dem wir in diesem Moment fahren ... es war dunkel und einsam ... und dann ... ein Angriff ... eine Pistole! Und ... oh.

Vorbei. Mum hat sich nach vorne zu Shane gelehnt und aufgeregt geflüstert. Habe die Worte »children« und »scared« und ein paar genuschelte »sorry«s aufgeschnappt.

Jetzt redet Shane über Kängurus. Lame.

Bus aka Zuhause der nächsten Wochen

Haben heute einen Zwei-Personen-Bus gemietet. Selbst wenn man Gustav und mich aus altersdiskirminierenden Gründen nicht als hundertprozentig vollständige Menschen ansieht, ist das offensichtlich ZU KLEIN! Wir beide sitzen hinten eingequetscht zwischen all unserem Gepäck und sind NICHT ANGESCHNALLT!!! Mit jedem Monat on the road scheinen sich Mum und Dad weiter von ihren alten, nach Sicherheit strebenden Ichs zu lösen. In Deutschland weigert sich Dad grundsätzlich, auch nur einen Meter zu fahren, solange nicht alle angeschnallt sind. Diese Regel gilt ausnahmslos. Auch bei Schritttempo auf riesigen Ikea-Parkplätzen oder bei minus drei km/h im Stau. Aber hier könnte ich wahrscheinlich auf der Rückbank – unangeschnallt – den Sonnengruß durchturnen, ohne dass es zum Zwangsstopp mit Zehn-Minuten-Vortrag über Sicherheit im Straßenverkehr kommt.

Okay. Minimal falsch eingeschätzt. Shit. Sonnengruß scheint das Limit zu sein. Vortragszeit (von Gustav akkurat gestoppt): 15 Minuten und 23 Sekunden.

Erste Nacht im Bus

Wir haben die erste Nacht im Bus überstanden. Ich betone die Verwendung des Wortes »überstanden«. Es war keine Freude.

Stichwort: Sardinen.

Es gibt zwei Schlafplätze. Einmal eine Nische unterm Dach, in der man ganz bequem liegen kann. Wenn man im Liegen flach wie eine Flunder ist, also eine Liegehöhe von fünf Zentimetern hat. Für alle anderen: die Hölle. Die absolute Hölle. Man kann weder aufsitzen noch die Beine anwinkeln. Geschweige denn sich drehen. Dort oben sollten Gustav und ich pennen. So der geniale Plan.

Aber nach drei Sekunden in diesem Sarg-ähnlichen Loch (mir fällt kein besseres Wort ein) habe ich Platzangst und Aggressionen bekommen. Jetzt schlafe ich unten. Die Sitzecke hinten lässt sich zu einem Bett umfunktionieren. Dort liegen Mum und Dad. Dazwischen ich. Die beiden mit den Füßen zum Kofferraum und ich mit den Füßen nach vorne. Ja. Zur Linken Mums Käsemaukis und zur Rechten die von Dad. Ein Traum. Aber immer noch besser als die Sarghölle über uns. Dort verbringt Gustav nun, mit nicht angewinkelten Beinen, seine Nächte. Ich hoffe, der Kleine trägt keine bleibenden Schäden davon.

Als Entschädigung für die nächtlichen Strapazen gibt es dann immerhin Frühstück auf Campingstühlen vorm Van mit Blick aufs rauschende und glitzernde Meer.

Schrecklichster Tag ever

Heute war mit grooooßem Abstand der aller, aller, allerpeinlichste Tag meines gesamten Lebens. Wahrscheinlich der gesamten Menschheitsgeschichte. Ich sterbe. Und ich hasse Australien. Ich hasse, hasse, hasse es. Was für schreckliche, schreckliche Menschen diese schrecklich fiesen und gemeinen Aussie-Dölmer sind. Und diese ganzen scheißgefährlichen Tiere. Ich meine, seriously?!?!

Ich schäme mich so dolle, dass ich das Gefühl habe, es nicht einmal aufschreiben zu können. Eigentlich darf niemals jemand auch nur ein klitzekleines Sterbenswörtchen davon erfahren. Aber ich muss es mir von der Seele schreiben. Schreib-Therapie. Meine Hand hat Probleme, die Worte zu verschriftlichen.

Wir waren am Strand.

Mum und Dad waren gerade Fish'n'Chips holen, als Gustav mit dem Boogieboard aus dem Wasser geschossen kam und sich nach drei Metern das Bein haltend und mit schmerzverzerrtem Gesicht in den Sand fallen ließ. Als verantwortungsbewusste und liebevolle Schwester bin ich sofort hingerannt, um zu gucken, was los war. Gustav hat geheult wie eine Sirene. Sein Bein sah aus, als wäre es ausgepeitscht worden. Voller roter Striemen.

Ich war komplett überfordert und auf einmal waren drei australische Jungs da, die wie verrückt durcheinanderschrien.

»PEE ON IT!! PEE ON IT!! You have to pee on it!!! He will die!!! PEEEEEE, PEEEEE, PEEEEEE!!! He's gonna die!! It's a jellyfish! You need to pee on it!!«

Ein Jellyfish also. Eine Qualle. Neben Haien, Krokodilen, Schlangen und Spinnen gibt es hier nämlich auch tödliche Quallen.

»PEE ON IT!!«

Blitzschnell ratterte mein Kopf alles durch, was ich über Quallen in Australien wusste. Hatte ich je das Wort pinkeln im Zusammenhang mit Quallen gehört? Vielleicht? Vielleicht auch nicht. Denn in meinem Kopf war gerade: nicht viel. Eigentlich gar nichts.

»PEE. ON. IT!!!«

Also einfach auf die Jungs hören, die mir so dringlich ans Herz legten, meinem kleinen armen Bruder ans Bein zu pinkeln wie ein schlecht erzogener Hund? Immerhin sind sie Australier. Und wissen scheinbar, wie ein Quallenstich aussieht. Grundsätzlich unterstelle ich ja allen Australiern eine angeborene Kompetenz im Umgang mit allem, was giftig und gefährlich ist.

»PEEEEEEE ON ITTTTT!! NOOOOW.«

Meine Nerven lagen blank. Gustavs offensichtliches Leid und das konstante Geschrei der Jungs verwandelten mein Gehirn in Brei.

Es schien nur einen Ausweg zu geben: Bikinihöschen runter und Wasser marsch.

Ja. Ich habe meinen eigenen Bruder angepinkelt.

Statt der erhofften Leidensminderung bei Gustav donnerte ein schallendes, dreistes Lachen in meinen Ohren.

Die kleinen Mistkröten. Laut lachend, sich den Bauch haltend und mit roten Backen standen die drei in sicherer Entfernung und schienen den Spaß ihres Lebens zu haben.

Gustav und mir dämmerte es. Wir wurden verarscht. Von drei kleinen australischen Kackvögeln. Die das Leid meines Bruders zu ihrer Belustigung ausgenutzt hatten. Gustav guckte mich mit großen Augen an. Für einen Moment schien die Fassungslosigkeit den Schmerz zu übermalen.

Alter, Maja! Die haben uns verarscht!

Wären die Jungs in diesem Moment nicht schon über alle Berge gewesen, hätte ich die Verfolgung aufgenommen und ihnen nacheinander ein fettes Sandpeeling für ihre Rotzgesichter verpasst. Wie abgrundtief ich sie in diesem Moment hasste.

Habe Gustav dann zu unseren Sachen geschleppt, wie ein Soldat, der seinen verletzten Kameraden stützen muss, und schnell das Pipi mit einer Flasche Wasser abgespült. Da kamen auch schon Mum und Dad vollbepackt mit ein paar Tüten Fish'n'Chips. Mum hat Gustav dann Huckepack zu den echten Experten, den Lifeguards, getragen, die sich um Gustav gekümmert haben. Für die Zukunft wissen wir, dass man am besten mit einer Hitzebehandlung gegen die Höllenqualen vorgeht. Das zerstört die Gift-Proteine.

Und anders als die kleinen Arschjungs es haben verlauten lassen, war Gustav nicht in Lebensgefahr. Ihn hatte eine schmerzhafte, aber nicht lebensgefährliche Qualle erwischt.

Und nicht die absolut tödliche Qualle, die hier auch manchmal im Wasser rumchillt.

Außer einem leisen »Danke, Maja« von Gustav haben wir kein Wort mehr über die ganze Pipi-Aktion verloren.

Gedanken zu Unterwäsche

In der Dolly habe ich gelesen, dass Unterwäsche der Spiegel zur Seele einer Frau ist. Oder so. Vielleicht das Fenster? Oder der Spiegel der Frau? Zitat von irgendjemand Wichtigem ... Marilyn Monroe oder Audrey Hepburn oder Selena Gomez oder dem Model aus der Unterhosenwerbung.

Die Frage, die sich da naturgemäß stellt, lautet: Was sagt meine Unterwäsche über mich aus? Alt, ausgeleiert, mit Blümchen und Schleifchen. Eindeutig: Oma! Ich habe alle Unterhosen und Bustiers inspiziert und nichts ist sexy! Nichts ist mit Spitze oder Seide oder von Calvin Klein. Meine Unterwäsche schreit OMA. LANGWEILIG. PRÜDE. ALT-MODISCH. Ich habe nicht mal BHs!! Ich trage Bustiers! Kein Wunder, dass ich flach wie ein Brett aussehe.

I need a Wonderbra. Einen Push-up. Ich brauche unbedingt Unterwäsche, die meines Alters und Charakters würdig ist. Mehr *coole, interessante und selbstbewusste Frau* und weniger *hässlich und labberig*. Das Problem ist Folgendes: Wie komme ich an die neue sexy Unterwäsche für mein neues sexy Ich ran? Yo Mama, lass mal Dessous kaufen, damit ich fantastisch aussehe, wenn ich cute Boys (Teenboy, ähem) treffe? Auf keinen Fall. Ich meine, es geht mir ja gar nicht darum, in Unterwäsche vor irgendwelchen Jungs rumzutanzen. Es geht ums Selbstwertgefühl, das mir die Unterwäsche vermittelt, und das wird mir (bestimmt) eine subtil-sexy Aura verleihen und mich unwiderstehlich machen.

Perfekter Plan
zur Erlangung
neuer Unterwäsche

Ich habe den perfekten Plan: Samstag wollen wir alle zum Farmers Market hier in der Stadt und ich werde mich, unter dem Vorwand, zum Buchladen zu gehen, in den sich nebenan befindlichen Dessous-Laden schleichen! Während die anderen sich dann auf dem Farmers Market den Bauch mit Bio-Cheesecake oder Falafel-Burgern vollhauen und mit den Locals quatschen, werde ich meinen Plan umsetzen. Boooya! Wobei das Ganze auch nicht zu lange dauern darf. Denn a) muss ich in der Zeit dann tatsächlich noch ein Alibi-Buch kaufen und b) kann ich mir den Bio-Blueberry-Cheesecake nicht entgehen lassen.

Tag der Top-
Secret-Unterwäsche-Action

Missionstag! Gustav bleibt alleine beim Bus auf dem Campingplatz und will die Zeit (ohne uns) genießen und Findet Nemo gucken. Zumindest ist das die offizielle Erklärung für Mum und Dad. Ja, ich bin nicht die Einzige hier mit ein paar Secrets. Gustav wird nämlich seinem geheimen Hobby nachgehen und Alien-Dokus gucken. Mit meinem Netflix-Account natürlich. Mum und Dad halten Gustav für zu jung, um Alien-Dokus zu gucken.

Ich bin da sehr großzügig und halte es immer für gut, wenn man was gegen seinen kleinen Bruder in der Hand hat. Dann gibt es keinen Streit um den letzten Keks. Man sagt einfach »ALIEN«, guckt böse und schon nimmt der Kleine die Pfoten vom Keks. Ganz ohne Gewalt!

Zurück zur Mission: Habe mich dem Anlass entsprechend gekleidet. Erwachsen, sophisticated. Schwarz und grau und dicke Sonnenbrille. Perfekt, um ein Buch zu kaufen oder sich unterwäschetechnisch zu häuten wie eine Schlange.

Was so alles schiefgehen kann

Die gute Nachricht: Ich habe neue Unterwäsche. Richtig schöne. Und ich musste nicht mal dafür bezahlen. Die schlechte: Es lief alles leicht anders als geplant.

Zunächst war alles perfekt. Ich habe mich mit der Buchkauferklärung vom Farmers Market weggestohlen und bin voll cool und selbstverständlich in den Laden spaziert. Habe ein paar echt schöne Sachen gefunden und bin in die Umkleide zum Anprobieren.

Sah alles super aus, ich sah gut aus und war entsprechend wirklich happy.

Bis ich auf einmal bekannte Stimmen hörte. Sehr bekannt. Sehr verwandt. Mum und Dad!!

Ich dachte nur: Was zum Teufel?! WTF??

Mein ganzer Plan drohte aufzufliegen! So ein Scheiß!!

Mir ist das Blut in den Adern gefroren und ich konnte spüren, wie meine Wangen vor Wut angefangen haben rot zu glühen. Wie konnten sie nur! Ausgerechnet heute! Ausgerechnet hier!! Scheinbar war Mum dabei Sachen anzuprobieren und Dad kommentierte vom Gang aus.

Fluchtweg: versperrt.

Ich stand die ganze Zeit still wie eine Salzsäule und habe versucht so leise und flach wie möglich zu atmen. Mir ist richtig schwindelig geworden.

Ich dachte, es könnte nicht schlimmer kommen. Doch dann hörte ich ein »Komm her« von Mum und ein verdutztes Glucksen von Dad. Dann: schmatzende Knutschgeräusche!! Von nebenan! Von meinen Eltern!! In einer Umkleidekabine! Neben mir!!

Ich wollte sterben. Das einzig Gute war, dass Dad nun in der anderen Umkleidekabine war und somit mein Fluchtweg frei war. In unglaublicher Rekordzeit hab ich mich angezogen und wollte gerade mit den Sachen den Ort der Schande verlassen, als auf einmal eine extrem empörte Verkäuferin an mir vorbeirauschte, den Vorhang der Kabine aufriss und dem knutschenden Paar (ich würde so gerne verdrängen, dass es meine Eltern waren) ein fauchendes »Stop kissing in our changing rooms!« entgegenwarf.

Wenn ich vorher eine Salzsäule gewesen war, war ich jetzt ein fetter Marmorbrocken. Der Inbegriff von versteinert. Der Wunsch, mich aufzulösen und als feiner Staub aus dem Laden herauszuwehen, war so stark, dass mein Herz fast explodierte. Noch stand ich mit dem Rücken zur Verkäuferin und meinen Eltern, Blickrichtung in den Laden. Ich betete zu Buddha und Babyjesus … aber dann …

»Maja? Schatz … was? Machst du? Hier?«

Auf einem Gemüsewettbewerb um die schönste Tomate hätten wir alle drei Plätze auf dem Siegertreppchen belegt. Drei hochrote, tomatige Gesichter.

Die Verkäuferin, die offensichtlich einen Moment länger brauchte, um die Lage zu checken, versuchte ein Grinsen zu unterdrücken. Erfolglos.

Mein erster Reflex wäre gewesen, alles hinzuschmeißen, aus dem Laden zu sprinten und einfach nicht mehr anzuhalten. Ich hätte bestimmt einen neuen Langstreckenrekord aufgestellt. Die Verkäuferin war allerdings Vollprofi mit einem sehr guten und eiskalten Geschäftssinn. Mit höflichstem Lächeln nahm sie mir den Stapel Unterwäsche ab, trug ihn zur Kasse und fing langsam an, jedes Teil einzuscannen und sorgfältig zu falten.

Der Endpreis lag bei 125 Dollar ... kurz blieb mein Herz stehen, aber Mum zückte mit vielsagendem Blick und zusammengepressten Lippen die Kreditkarte, kaufte mir meine Dessous und sich selbst und Dad mein ewiges Schweigen über diese Angelegenheit.

»Ich glaube, das war das teuerste Buch, das wir dir je geschenkt haben« waren die letzten Worte, bevor wir uns zu dritt auf den Weg zum Cheesecake-Stand gemacht haben, um ordentlich Alibi-Kuchen zu kaufen.

Byron Bay

Morgen verlassen wir das wunderwunderschöne Byron Bay und fahren in die Berge zu der Free Mountains Foundation! Da ist so ein Kinder-lernen-Nachhaltigkeit-Zentrum und wir werden da Wwoofen!! Nicht im Sinne von Wauwau, sondern eher Schuft-Schuft. Wwoofing ist ein Programm, das es Menschen wie uns erlaubt, gegen Essen und Unterkunft auf Biohöfen zu arbeiten. Denn nichts ist so sehr Bio wie Kinderarbeit! (Natürlich ist es kein Kinderarbeitsprogramm.)

Danach geht es back to Byron Bay und es gibt eine große, emotionale und dramatische Reunion mit Teenboy-Family. Alle werden sich mit Tränen in den Augen und zitternden Stimmen in die Arme fallen, das goldene Kalb wird geschlachtet, es werden Freudentänze aufgeführt … Ja, so in etwa.

Ab morgen genau zehn (!!!) Tage, bis ich Tim wiedersehe.

Illegale Dusch-Action

Bis jetzt war es ja eher eine These, dass Mum und Dad sich mit jedem Meter Abstand zu Deutschland mehr und mehr vom Deutsch- und Korrekt-Sein entfernen. Jetzt ist es ein Fakt.

Wir waren gerade duschen. Normale Sache. Auf einem Campingplatz. Everyday business.

Tja, außer man wohnt nicht auf dem Campingplatz, dessen Duschen man gerade ausgiebig genießt. Wie wir. Ja! Während wir uns am heißen Wasser des *Happy Sunrise Turtle Campingplatzes* erfreuten und mit viel Schaum und vollster Lebensfreude den Dreck der letzten Tage vom Körper schrubbten, stand unser geliebter Van an einem versteckten Spot, wo wir extrem ILLEGAL (!) gecampt haben! Illegal!! Mum und Dad sind richtige Gangster! Und Gustav und ich damit auch!

Aber wie unser kleines Abenteuer heute zeigt, erschöpft sich die Gangster-Aktivität nicht im Wilden Campen. Wir machen auch Wildes Duschen! Auf fremden Campingplätzen!

Bevor wir also unsere nasse Ordnungswidrigkeit begangen, hatte Mum mich fest an beiden Schultern gepackt und mir mit verwegenem Kampfblick in die Augen geguckt:

»Maja! Kopf hoch, Blick geradeaus. Wir strahlen Selbstverständlichkeit und Überlegenheit aus. Stell dir vor, der Campingplatz gehört dir! Genauso selbstverständlich wer-

den wir in diese gottverdammten Duschen gehen und duschen!«

(Das »gottverdammt« habe ich aus dramaturgischen
Gründen eingefügt.)

Dann sind wir auf den Campingplatz gesneakt und haben hardcore geduscht.

#gangstalife #thuglife

Bye-bye, Byron Bay – im Van

Nach ein paar quallenlosen Strandtagen zurück im Van. Back on the road! Heute wird ein Fahrtag. Bin ganz wehmütig, Byron Bay zu verlassen. Ich glaube, ich kenne keinen niceren Ort zum Leben. Vielleicht wandere ich später mal aus und wohne dann hier, gehe jeden Tag mit meinen Hunden am Strand spazieren, surfe, bin Bestie mit den ganzen Aussies und wir machen jeden Sonntag Barbie. Nicht die Puppe natürlich. Aus dem Alter bin ich langsam raus. Barbie ist Aussie-Slang für Barbecue. Jup. Nicht nur, dass sie einen unglaublich schwer verständlichen Akzent haben, die Hälfte der Wörter, die die benutzen, lernt man auf jeden Fall nicht im Englischunterricht. Aber natürlich werde ich das voll draufhaben, wenn ich erst mal hier lebe.

Ob ich später voll das Surfergirl werde, hm, da bin ich mir noch gar nicht sicher. Waren bis jetzt ja noch gar nicht Surfen. Nur Boogieboarden. Quasi der kinderfreundliche kleine Bruder vom Surfen. Leider ohne den Coolness-Faktor des großen Bruders.

Ich bin ein bisschen nervös, was das gemeinsame Surfenlernen mit Teenboy angeht. Während ich die blutigste Anfängerin sein werde, hat der Gute ja leider schon Erfahrung mit dem #surferlife.

Muss beizeiten ein Gebet an die üblichen Gottheiten schicken und um Beistand bei der Unternehmung bitten. Und vielleicht, wenn Mum und Dad einen soften Tag haben und es mit der Online-Zeit nicht so genau nehmen, ein bisschen YouTube-Tutorials gucken, damit ich zumindest lässig mit der ganzen Surflingo um mich werfen kann.

Immer noch im Van

Fahren immer noch durch die Weite der australischen Natur. Strecken, die auf der Landkarte aussehen wie ein Katzensprung, erfordern stundenlanges, geduldiges Fahren.

Immerhin ist die Landschaft äußerst abwechslungsreich: weite Wälder, Wiesen und sanfte Hügel mit zufriedenen, Gras futternden Kühen. Very pretty.

Fahren jetzt vom Highway ab. Schotterpiste voraus! Auf der Windschutzscheibe macht es patsch, patsch und langsam setzt Regen ein. Hoffentlich kein schlechtes Omen!

Van. Am Berg.
Am Arsch der Welt.

Sitzen jetzt im Van und warten. Langsam wird es dunkel.
Es regnet wie Sau und wir kommen den Weg nicht hoch.
Der ist nur so ein kleiner Sand-Schotterweg, der sich me-
gasteil den Berg hoch in den Wald windet. Da unser geliebter Van keinen Allradantrieb hat, warten wir darauf,
dass uns unser neuer Gastgeber Richard mit seinem su-
pergeländetauglichen Monstertruck abholt. Der Regen ist
mittlerweile so stark, dass sich schon kleine Bäche über die
Straße gebildet haben. Langsam habe ich Angst, dass hier
gleich eine Megaflutwelle kommt und uns wegschwemmt.
Den Berg hinunter. So wie die Sturmfluten in der Wüste.
Wo man sie nicht erwartet und dann eine tödliche Überraschung erlebt.

Oder der Berg weicht durch den Regen so auf, dass er sich
direkt verabschiedet, und wir von einer riesigen Schlamm-
lawine ins Tal gerissen werden.

Zu allem Überfluss knurrt mein Magen.

Da kommt ein fetter Geländewagen! Wir werden gerettet!!
Ich berichte später weiter.

Später: Angst am Arsch der Welt

Der Geländewagen hielt neben uns. Eine in einen dunklen Regenmantel gekleidete Person stieg aus und ging im strömenden Regen langsamen Schrittes zum Van.

Durch die tief ins Gesicht hängende Kapuze konnte man nicht erkennen, wer da vor der Tür stand, aber ich konnte sehen, dass in Dads Blick eine Sekunde lang eine gewisse Unruhe, wenn nicht sogar Panik lag.

Stand dort in der Finsternis nun wirklich unser Gastgeber oder doch eine andere düstere Gestalt? Ein Massenmörder, der nur darauf wartete, uns in sein abgelegenes Busch-Anwesen zu verschleppen, um uns dann zu Schnitzel zu verarbeiten? Oder die moderne, australische Form eines Dementoren, der scharf darauf war, unsere Seelen auszusaugen?

Klopf, klopf.

Die gruselige Kapuzengestalt schien nicht im Regen chillen zu wollen. Mit einem letzten Blick zu uns, der sowohl »Ich liebe euch« ausdrückte als auch »Rennt, wenn ich es sage«, öffnete Dad die Tür.

Die Gestalt steckte ihren Kopf in den Van. Kein Massenmörder. Kein Dementor. Sondern das breit grinsende Antlitz des Weihnachtsmannes. Weißer Rauschebart, vergnügt blitzende Augen und ein freundliches:

»Welcome Guys!« Es war Richard.

Erleichtertes Lachen von Mum und Dad.

Jetzt sind wir im tiefsten australischen Busch … Berg-Busch… Auf der Grenze zwischen Urwald und Eukalyptuswald. Als Richard mit seinem Geländewagen ankam und wir unsere Sachen im strömenden Regen vom Van in den schlammverdreckten Jeep schleppen mussten, nass bis auf die Knochen, triefendes Haar, das schmatzende Geräusch von Schlamm unter unseren Schuhen … war meine Motivation am Nullpunkt.

Sind dann, triefend und mit all unserem Gepäck auf die Rückbank gequetscht, losgefahren. Richard hatte die Heizung voll aufgedreht und wir haben gedampft wie ein Haufen nasser Hunde. Und auch so gerochen. Die Scheiben beschlugen, sodass es ein Wunder war, dass Richard überhaupt den Weg erkennen konnte. Die Straße wurde steiler und steiler und hörte gar nicht auf, sich in den Berg zu winden. Der Regen prasselte weiter monsunartig aufs Autodach, dass es nur so in den Ohren dröhnte.

Aber dann kamen wir an. Ein einladendes Holzhaus auf einer Lichtung, warmes Leuchten hinter den Fenstern und Gummistiefel vor der Tür. Todesangst, Hundegeruch, klamme Klamotten … egal! Judy, die Free-Mountains-Mum, hatte für uns alle warme und trockene Klamotten rausgelegt, und das Haus war durch den fröhlich brennenden Kamin kuschlig warm, gemütlich … und als absolutes Highlight: ein reichlich gedeckter Tisch.

Ich dachte kurz, ich hätte doch auf der schlammigen Straße das Zeitliche gesegnet und wäre mit dem Weihnachtsmann-Richard in seinem Himmelsschlitten ins Schlaraffenland aufgestiegen.

Zum Aufwärmen gab es heiße Schokolade! Riesige Tassen mit dampfender, warmer, cremiger, köstlicher Hot Chocolate aus Cashews, Datteln und Kakao ... mit einem Hauch Vanille und Kardamom. Beste Hot Chocolate EVER.

Nachdem wir dann alle wohlig warm und glückselig waren, ging das Schlemmen los. Judy hatte ein echtes Festmahl aufgetischt. Angeblich normaler Food-Alltag hier oben.

Folgende Gaumenfreuden wurden uns an einem langen Holztisch bei Kerzenschein serviert:

- Mac and Cheese. Vegane Mac and Cheese. In riesigen Schüsseln. Dampfend. Köstlich. Yuuummy. Gustav hat drei Teller davon verdrückt. Mum war begeistert.

- Chili SIN Carne. Also Chili normalerweise <u>con</u> Carne nur ohne Carne. Statt Chili mit Fleisch nun Chili ohne Fleisch. Ich habe wirklich mein ganzes Leben Chili gegessen, ohne mir je Gedanken zu machen, was CON CARNE heißt. Wieder was dazugelernt!

- Dazu Guacamole aus selbst angebauten (!) Avocados. Judy und Richard haben eine eigene Avocado-Plantage. Oder der moderne Ausdruck: Gelddruckmaschine. Ich würde ausrasten, wenn ich einen eigenen Avocado-Baum hätte. Geschweige denn eine eigene Plantage. Scheiß auf Ferraris und Gucci-Taschen. Der echte Luxus sind Avocado-Bäume.

- Dazu frischer knackiger grüner Salat (natürlich auch selbst angebaut und gepflückt) mit lecker Dressing und Coleslaw (Krautsalat). Ich hätte nie gedacht, dass man süchtig nach Krautsalat werden kann! Ich lag falsch.

Und, tadaaaa: Alles VEGAN. Jede Person, die im 21. Jahrhundert noch daran zweifelt, dass man sich auch vegan gut ernähren kann, sollte direkt einen Abstecher zu Judy machen und sich vom Gegenteil überzeugen lassen.

Ich habe sooooooooo viel gefuttert ... es war der siebte Himmel! Wenn das Essen hier echt jeden Tag so geil ist, werde ich nie wieder weggehen.

Was ich sonst noch Interessantes gelernt habe:

Neben Richard und Judy, die die Free Mountains Foundation nach dem Studium gegründet haben, um Kindern Nachhaltigkeit und Natur näherzubringen (und weil Judy nicht als Anwältin zwischen Akten und Kaffeetasse versauern wollte), wohnen hier noch Pam und Peter. Zwei ausgewanderte Kiwis. Und nein, die beiden sind nicht klein, rund, haarig und innen weiß-grün. Kiwis nennt man beziehungsweise nennen sich Neuseeländer. Ich bin mir nicht sicher, ob sie sich nach der Frucht oder dem kleinen, runden, braunen Vogel benannt haben oder ob der Vogel nach der Frucht oder die Frucht nach dem Vogel benannt wurde. Very confusing!

Verliebt, nicht verlobt und nicht verheiratet haben sich

die beiden eines Tages aus der neuseeländischen Großstadt verabschiedet, sind über verschiedene Umwege hier gelandet, seit zehn Jahren unverzichtbarer Bestandteil des Trusts und bereichern das Leben hier.

(Besonders durch Schimpfwörter. Pam flucht, als wäre sie mitten in einem Rap-Battle. Ich sehe großes Lernpotenzial für Gustav und mich.)

Pams Shed

Sind gerade in unserer neuen Behausung angekommen. Pams Shed.

Pams Shed ist sehr … rustikal. Aber charmant. Wie Pam. Ein richtiger Holzschuppen. Aber dafür ist es auch sehr gemütlich. Haben eine eigene große Küche, einen Esstisch und Schränke voller Bücher. Paradies. Außerdem so ziemlich alle National-Geographic-Ausgaben seit 1980. Megakrass! Gustav hat sich schon einen Stapel gebunkert und neben seine Matratze gepackt.

Schlaftechnisch ist es auch eher einfach. Eigentlich. Vom Ess-/Kochbereich führt eine Holztreppe nach oben auf eine zweite Ebene und da schlafen wir alle. Als wir noch in Deutschland waren, hätte mich die Aussicht, jetzt da oben zu viert mit Dad, Mum (alias Schnarchnase) und Gustav zu pennen, echt zur Weißglut gebracht. Aber das #Vanlife hat starken Einfluss darauf, wie man Flächen, Platz und vor allem Privatsphäre wahrnimmt. Verglichen mit dem gequetschten Sardinen-Schlafen im Van ist das hier suuuper luxuriös!

Die Dusche ist mit einem Vorhang hinter der Küche abgetrennt. Solarbetrieben. Wenn die Sonne nicht scheint, besonders nach ein paar grauen, kalten Tagen, gibts dann auch kein warmes Wasser. Jap! Genau, wenn man es am nötigsten hätte!

Und die Toilette … Tja … Sagen wir es so … very

rustico. Eine waschechte Composting Toilet. Sprich, ein Plumpsklo. In einer kleinen Wellblechhütte. Also ein Holzsitz mit einem Loch über einem Berg an Sägespänen (und anderen ... ähh ... Toiletteninhalten). Wenn man fertig ist, spült man, indem man einfach Sägespäne nachwirft. Easy! Erstaunlicherweise stinkt es nicht. Es riecht nach Sägespänen. That's it. Richtig krass. Könnte auch am Fenster liegen. Oder eher am Fenster-Mangel. Jap. Es gibt keins.

Wenn man auf dem Klo hockt, guckt man durch ein riesiges panoramafenstergroßes Loch in der Wand direkt in den Dschungel! Man steht also potenziell stets unter wilder Beobachtung. Fast wie im Dschungelcamp. Nur dass die Beobachter eher Koalas sind und keine sensationsgeilen Fernsehzuschauer.

Laut Peter hatten bereits mehrere Gäste am Ende ihres Aufenthaltes dank des schönen Klo-Ausblicks, der sie dazu animierte, stundenlang auf'm Pott zu hocken, Hämorrhoiden. Iiigitt. Warum reden alte Männer so gerne über all die körperlichen Funktionen beziehungsweise Fehlfunktionen, von denen niemand etwas wissen will und nach denen niemand explizit gefragt hat? (Außer vielleicht ein Arzt? Der in dem Fall aber explizit nachfragen würde.) Warum? Mich interessieren die Toilettengewohnheiten anderer Menschen nicht! No! Njet! Nada! Non!

Allerdings bringt mich das Stichwort – Toilettenangewohnheiten – zu einem beziehungsweise meinem großen Problem. Ich bin ein Nachtpinkler. Ich muss grundsätzlich nachts auf Toilette. In Berlin? Kein Problem. Im Van? Schon leicht problematisch. Hier im Busch?

Der Super-GAU! Das Toiletten-Häuschen ist mindestens hundert Meter weit weg vom Shed! Multipliziert mit der Dunkelheit könnten es genauso gut drei Kilometer sein. Man muss mit einer Taschenlampe den Weg beleuchten, weil hier selbstverständlich nachts voll ökologisch vernünftig kein Licht brennt.

Toll! Also kann ich in Zukunft einfach ab 5 Uhr nachmittags nichts mehr trinken oder … ganz ehrlich, ich würde lieber in eine verdammte Bettpfanne (heißen diese Toilettendinger aus dem Mittelalter so?) pinkeln, als hier nachts alleine mit einer Taschenlampe durch den Busch zu sterben. Wer weiß, was für creepy Axtmörder hier nur darauf warten, dass mal wer pinkeln muss? Oder eine Spinnenarmee … oder ein paar Schlangen, die denken: Yo, lass mal Hi sagen.

Geht absolut gar nicht.

Toiletten-Deals

Oh, Mum will kurzes Familien-Treffen zur Toiletten-Problematik.

Der Deal ist folgender:

Wenn Gustav nachts auf Klo muss, weckt er Dad. Wenn ich auf Klo muss, wecke ich Mum und Mum und Dad wecken sich gegenseitig, damit niemand vor Angst stirbt, wenn sie oder er mal kurz Pipi muss.

Auf jeden Fall ist jetzt der Schlachtplan fürs Nachtpinkeln aufgestellt und ich halte ihn für sehr vernünftig. Insbesondere der Baseballschläger, den Mum schon einmal vorsichtshalber neben der Tür platziert hat, gibt mir das Gefühl, dass unsere Eltern die Situation voll unter Kontrolle haben und uns im Zweifelsfall gegen Spinnen, Schlangen und Axtmörder verteidigen können.

1 Uhr nachts

Es ist 1 Uhr nachts. Ich glaube, wir werden bald sterben. Irgendetwas da draußen im Dunkeln, im Wald, brüllt. Vielleicht der Tod.

Wir sitzen seit zwanzig Minuten wach im Bett und haben die ersten zehn Minuten damit verbracht, zu debattieren, ob wir das Licht anmachen sollen, als Abschreckung. Oder ob es das wilde, wütende Etwas da draußen vielleicht erst recht anspornen könnte, mal einen Blick in die Hütte zu werfen und uns dann zu verspeisen.

Mum und Dad sind mit Bratpfanne und Baseballschläger bewaffnet durch das Shed geschlichen und haben überprüft, ob alle Fenster und Türen fest verriegelt sind. Alles safe verrammelt. Aber an Schlaf ist nicht zu denken. Das Brüllen fährt direkt von den Haarspitzen bis in die Zehennägel.

Alle Nackenhaare stehen stramm aufrecht.

Was ist, wenn hier in den Bergen ein Monster haust und Judy und Richard sich nur deswegen Wwoofer holen, um es zu füttern? Als Opfergabe? Damit es sie in Ruhe lässt? OMG. Wir werden sterben. Diese Satanisten.

Wir sind gerade systematisch durchgegangen, welche gefährlichen/sehr großen Tiere in Australien so heimisch sind beziehungsweise generell infrage kommen:

Schlangen. Krokodile. Kängurus. Wombats.

Tasmanische Teufel. Dingos.

Spinnen.

Werwölfe.

Zombies.

Fluffy von Harry Potter.

Ein Drache. Wahrscheinlich Smaug.

Was ist, wenn ein Grizzly aus dem Zoo in Brisbane ausgebrochen ist und hier durch die Wälder streift? Wenn der Ausbruch vertuscht wurde, um die Bevölkerung nicht zu beunruhigen? Wenn der Grizzly uns dann weggesnackt hat, geht der Fall als ungelöst in die Akten ein. Das wäre dann Anlass für Oma, als Privatdetektivin jahrelang die Australier zu terrorisieren, bis sie eines Tages aus einem kleinen, zitternden Regierungsbeamten die Wahrheit über unser Schicksal erpressen wird. Dann schreibt sie ein Enthüllungsbuch und lässt sich feiern.

Mum kommt gerade mit Oropax um die Ecke. Wir sollen uns (im Ernst??) einfach vorstellen, Oma wäre zu Besuch (sie schnarcht wie ein alter Seeräuber) und versuchen zu schlafen.

Das scheint mir sehr unvernünftig. Ich nehme den Baseballschläger mit in den Schlafsack. Zur Sicherheit.

Liebe Nachwelt:

Falls wir nun doch von einem mörderischen Monstergrizzly gefressen wurden, möchte ich noch Folgendes loswerden:

Meine Asche (falls etwas von mir übrig bleibt, was dann verbrannt werden kann) soll von Taytay auf einem Konzert in den Wind gepustet werden. Dabei soll sie Wildest Dreams singen. Also, nicht beim Pusten. Das ginge nicht.

Sondern wenn die bereits in den Wind gepustete Asche am Rumwehen ist.

Sagt Tim, dass ich ihm und Alma alles Liebe für eine schöne gemeinsame Zukunft wünsche. Er soll sich keine Vorwürfe machen.

Jetzt: lights off!!

Nächster Tag
(noch am Leben!)

I AM ALIVE.

Yippie, yippie, yeah.

Trotz der ganzen Todesangst der gestrigen Nacht bin ich irgendwann eingeschlummert und wurde von fröhlichen Sonnenstrahlen geweckt, die mir die Nase kitzelten. Eine wahre Erleichterung, wenn man nur wenige Stunden vorher davon ausgegangen ist, alsbald in den tiefen, zahnigen Schlund eines Monstergrizzlys zu starren.

Frühstück im großen Haus war dann sehr aufschlussreich, was das nächtliche Treiben draußen im Busch so anging:

Richard: »Did you guys hear the koala last night?«

Dad: »The what?«

Richard (langsam): »Did. You. Hear. The. Koala. Last. Night?«

Dad: »The koala?«

Richard: »Koala. Yes.« Pause.

Dad: »The koala?«

Richard: »Yes. The KOALA.«

Der Mördermonstergrizzly war also in Wirklichkeit ein kleiner, flauschiger Koala. Liebe Koalas, mal im Ernst, was soll das? Wieso macht ihr keine passenden Geräusche? Wurdet ihr so hart gemobbt, dass ihr jetzt gegen euer Cutie-Image ankämpft und euch behaupten wollt?

Wie übertrieben.

Gutes Wetter und Gedanken zu Männertätigkeiten

Die Sooooonne scheint! Mum sagt: Sonnenmilch und Kopfbedeckung!

In der Dolly stand, dass UV-Schutz unverzichtbarer Bestandteil jeder Skincare-Routine sein sollte. Wegen Anti-Aging und so. Seitdem trage ich wirklich (fast) jeden Morgen mit religiösem Eifer die Fünfziger auf, die Mum uns allen verordnet hat. In Australien erkranken angeblich zwei von drei Leuten im Laufe ihres Lebens an Hautkrebs. Zwei von drei! Das liegt am Ozonloch über Australien. Das ist besonders beschissen. Der Dolly-Artikel mit dem Anti-Aging-Argument hat meiner Motivation jetzt noch einen Extraschub verliehen. Also der Sonnenmilchauftragmotivation. Davor war ich ja eher skeptisch und wollte unbedingt schön gebräunt sein, aber dann doch lieber blass und bleich und später nicht aussehen wie eine Schrumpelrosine.

Nach dem Frühstück und bevor ich wieder zum Küchendienst antreten muss – koch, koch, ahoi –, gehen Mum, Gustav und ich noch das Gelände erkunden. Angeblich gibt es hier irgendwo einen perfekten Yoga-Ort. Muss ausgekundschaftet werden. Dad hilft Peter und Richard bei einigen sogenannten *Männertätigkeiten*. Dieses Wort allein. So viel Sexismus. Aber die Herren sind alle alt, da kann man ihnen so unfeministische Sprache ja mal verzeihen. In diesem Fall versteckt sich hinter dem Wort der MÄNNERTÄTIGKEITEN: Reparieren und Handwerken. Tja. Für diese angeblichen Männertätigkeiten haben sie sich auf jeden Fall das falsche Familienmitglied rausgesucht. Bei uns repariert Mum ALLES. Dad hingegen hat zwei linke Hände und kann nicht mal Gardinenstangen anbringen. Oder Duschvorhänge. Dabei kann sein Vater ganze Häuser bauen.

Einmal, als romantische Geste zum Hochzeitstag, hat er, also Dad, versucht, ein großes Bild von Mum und sich im Wohnzimmer anzubringen. Sein Elan beim Bohren mit der Bohrmaschine – die er eigentlich nicht benutzen darf – war so groß, dass wir danach ein Guckloch zwischen Wohnzimmer und Küche hatten, und der Kuchen, den er liebevoll gebacken hatte, unter Staub und Schutt begraben war.

Aber als Richard und Peter ihm gestern Abend Arbeitshemd, Latzhose, Handschuhe und einen fetten Hammer in die Hand gedrückt haben, haben seine Augen so sehr geleuchtet, dass niemand von uns ihn enttarnen wollte.

Im Nachhinein bin ich mir nicht sicher, ob das Leuchten Freude oder Angst war.

Werden nach dem Frühstück ja sehen, wie lange es dauert, bis sie ihn umtauschen.

Nach dem Abendessen

Sie haben Dad nicht umgetauscht! Er kam stattdessen freudestrahlend zum Abendessen und war stolz wie Oskar. Es war unfassbar putzig. Scheinbar ein voller Erfolg für alle Beteiligten.

Sie haben Holz gehackt. Sehr männlich. Also Richard und Peter. Nachdem Dad zwei Scheite Holz zerstückelt hatte, haben Peter und Richard ihn gefragt, ob er vielleicht das Holz-Management übernehmen würde. Sprich Holzstapel bauen. Dafür bräuchte es gutes abstraktes Denken, Genauigkeit und Präzision. Während das Holzhacken eher eine stumpfe Aufgabe sei, sei es very important, dass das Holz richtig gestackt wird, um später optimale Brennleistung zu gewährleisten.

Eine ideale Lösung. Denn während Dad zufrieden war und sich zum ersten Mal in seinen Leben wie ein richtiger Holzfäller … beziehungsweise Holz- und Hochstapler fühlen durfte, hat Peter Mum (unter strengster Geheimhaltungsstufe) anvertraut, dass er noch nie so sehr um seine körperliche Unversehrtheit gefürchtet hat, wie in den zehn Minuten, in denen Dad die zwei Holzscheite massakriert hat.

Zudem hat Dad es sich natürlich nicht nehmen lassen, mit Objektiv und Selbstauslöser bewaffnet ein paar völlig ungestellte Fotos in Action zu schießen. Von sich beim Holzhacken.

#busy #hartamarbeiten #holzhacken #realmenhackenholz
#guckmalwerdahackt #nichtohnemeinentraveltravelhutder
gegenschweißundsonnehilftundgeldinmeinekassespült #ad
#sponsoredbytraveltravel.de

By the way, in zwei Tagen kommen THE KIDS ... also Tay
(Taylor) und Ash (Ashley).

Ich freue mich sehr auf ein bisschen Girlpower-Vibes hier
im Busch. Ein bisschen Boys-Talk, ein bisschen Umwelt-
schutz. Was will man, äh, Frau mehr?

Mörderische Killer-Schlange

Heute haben wir dem Tod ins Auge geblickt. Im wahrsten Sinne des Wortes. Besonders Gustav.

Mum, Gustav und ich waren also nach dem Frühstück auf dem Weg zu Pams und Peters Tiny House, um uns das mal genau anzugucken. Sind happy, nichts ahnend und glücklich schnatternd wie ein paar Gänse beim Sonntagsausflug den Weg langgewalkt, als Mum plötzlich abrupt stehen blieb, uns mit einem energischen »STOOOOPP!« an den Armen gepackt und am Weitergehen gehindert hat. Wenige Armlängen vor uns lag eine braune Schlange. Ganz frech mitten auf dem Weg. Hätte Mum uns nicht in letzter Sekunde gestoppt, wären wir munter auf dieses Instrument des Todes gesteppt. Wenn wir denn überhaupt so weit gekommen wären. Vielleicht hätte sie uns auch vorher mit ihren Bissen niedergestreckt und ins Nirvana befördert.

Eine Minute lang (gefühlt eine Stunde) standen wir still wie die Schnecken und haben uns nicht bewegt. Denn Regel Nummer 1 bei jeder Schlangenbegegnung: Freeze. Zum Eisblock erstarren und beobachten, was die Schlange macht. (Außer man ist direkt auf die Schlange getreten, dann sollte man wohl eher schleunigst das Weite suchen. Wenn man denn noch kann.)

Angestrengt beobachteten wir die Schlange. Die Schlange beobachtete zurück. Was wir sehen konnten: Die Schlange tat NIX. Kein Zucken, kein Fauchen, kein Giftzähnezeigen.

Vielleicht haben Schlangen in der Snakeschool auch Survival-Ratgeber für Zusammenstöße mit Menschen. Vielleicht heißt es da ja auch: Freeze and Watch.

Angeblich ist es okay, wenn man ganz langsam die Gefahrenzone verlässt – unter der Voraussetzung, dass die Schlange sich in sicherer Distanz befindet. Betonung liegt zudem auf LANGSAM. Wenn man ganz langsam ist und sich ohne ruckartige und plötzliche Bewegungen zurückzieht, nimmt die Schlange einen WAHRSCHEINLICH nicht als Gefahr wahr, wird WAHRSCHEINLICH nicht angreifen und einen WAHRSCHEINLICH nicht beißen und voller Gift pumpen.

Auf jeden Fall soll man es tunlichst unterlassen, crazy hektische Moves an den Tag zu legen. Besonders bei den aggressiven kleinen Biestern namens Brown Snakes.

Aber je länger ein Blick-Duell mit so einer Schlange dauert, desto nervöser wird man selbst. Die Nase fängt an zu jucken, der Mund wird trocken. Man hat das Bedürfnis, einen Schritt nach vorne zu tun. Anzufangen Macarena zu tanzen. Es war unerträglich.

Dann kam Mums Ansage:

»Maja. Gustav. Bei drei drehen wir uns alle gleichzeitig um und rennen so schnell es geht zurück zum Gatter, da hinten am Weg. Verstanden?!«

Gustav hat protestiert. Wie ein kleiner braver Pfadfinder hatte er den Freeze-Befehl verinnerlicht.

Aber Mum war sich sicher. Und wie es aussah, hatte die Schlange in näherer Zukunft keinerlei Ambitionen, ihr gemütliches Fleckchen mitten auf der Straße zu verlassen. Vielleicht war sie aber auch ein braves Mitglied der Pfadfinder-schlangen und hatte den Freeze-Befehl ebenso verinnerlicht wie Gustav.

»Eins. Zwei. DREI!« Auf drei und perfekt synchron, wie zwei Turmspringerinnen bei den olympischen Spielen, dreh-ten Mum und ich uns auf dem Absatz um und sprinteten Richtung Gatter.

Gustav blieb stehen. Das tapfere Pfadfinderlein. Nun al-lein im Angesicht der Schlange.

Doch auf einmal kam auch Bewegung in die Schlange. Aber anstatt sich ein Beispiel an uns zu nehmen und diplo-matisch vom Tatort wegzuschlittern, wendete sie sich Gus-tav zu.

Diese unerwünschte und unangenehme Aufmerksamkeit brachte schließlich das Eis in seinen Beinchen zum Schmel-zen und er schoss in Richtung Gatter.

Dad ist übrigens fast gestorben, als wir ihm von unserem kleinen Schlangen-Meet-up erzählt haben. Er ist ganz blass um die Nase geworden und hat uns danach fünf Minuten lang im Arm gehalten. Er ist wirklich sehr zart besaitet.

Alltag und Vorfreude

Je mehr Zeit ich hier verbringe, desto sicherer bin ich mir, dass ich nach dem Abi am besten in den australischen Regenwald ziehen sollte. Sogar die Composting Toilet finde ich super! Im Ernst, warum so viel Wasser verschwenden, wenn es auch ohne geht? Ich würde in Zukunft immer eine Composting Toilet mit Ausblick einer normalen Toilette mit Wasserspülung und Blick auf eine gefliese Wand vorziehen.

Haben jetzt mittlerweile auch Koalas live gesehen. Beim Pinkeln. Also vom Klo aus. Eine Mutter mit Baby auf dem Rücken!! Jaaa! Absolutes Highlight! Auch wenn ich ihnen immer noch etwas übel nehme, dass sie uns in der ersten Nacht so erschreckt haben.

Heute Abend kommen endlich meine neuen BFFs Ash und Tay!! (Sorry Tilda, nicht ganz ernst gemeint. Offensichtlich ist Tilda meine alltimefavorite BFF.) Da löst sich meine eigentlich neu angeeignete Gelassenheit direkt in aufgeregte Ungeduld auf. Ich freue mich so sehr auf real Girls-Talk!

Tay und Ash –
Die große Überraschung

Vor dem Abendessen bin ich fast zerplatzt vor krasser Vorfreude auf die Girls! Ich war sooo aufgeregt. Dann endlich war es so weit. Das Rattern des Jeeps in der Einfahrt, das Geräusch von Schritten auf den Flurdielen. Schließlich öffnete sich schwungvoll die Esszimmertür und meine neuen Besties kamen freudestrahlend durch die Tür.

Schwarze Haare, blaue Augen. Groß, breitschultrig, muskulös. Ash hat einen leichten Drei-Tage-Bart.

Alles in allem zwei sehr hübsche junge Männer. Ich betone: Männer! Wie in Jungs.

Meine Vorfreude wurde zerquetscht wie eine zarte Rose. Statt zwei neue BFFs, mit denen ich über Tim reden kann: zwei neue Boys! Eher die Art von Boys, die zu äußerst dringendem Redebedarf führt.

Beide sind sooo heiß! OMG. Wer hätte gedacht, dass Öko-Judy und Weihnachtsmann-Richard zwei so cute Jungs in die Welt gesetzt haben? Im Gegensatz zu den letzten Tagen darf ich ab jetzt wieder schön meine Haare bürsten und bekleckerte Shirts auswechseln, statt sie einfach drei Tage weiterzutragen, bis das Müffeln zu penetrant wird. Mist.

Ach ja, die beiden sind im Übrigen auch noch nett, lustig und sehr intelligent. Also nicht nur äußerlich genetisch vollkommen blessed, sondern auch noch innerlich echte Sahneschnitten.

Heute Abend Mooovie-Night

Heute Abend Movie-Night mit DVDs. So altmodisch. Also DVD gucken. Aber das Internet hier ist einfach so hinterwäldlerisch, dass Netflix nie und nimmer funktionieren würde. Immerhin gibt es DVDs. Richtig krass wären Video-Kassetten gewesen.

Die Erwachsenen werden sich mit ein paar Flaschen Vino in Pams Shed an den Riesentisch chillen und wir haben hier im Haupthaus sturmfrei!

Judy und ich backen noch Snacks und Knabberkram für heute Abend. Was Süßes und was Herzhaftes. Was genau, ist aber noch nicht entschieden. Abstimmung gibt es beim Mittagessen. Sehr demokratisch. Weiß noch gar nicht, wofür ich stimmen soll. So schwer … hm. Die große Verantwortung, die so ein Wahlrecht mit sich bringt.

Zur Snackauswahl stehen:

- Haferflocken-Rosinen-Cookies (very healthy - zu healthy?)

- Zimtschnecken (sehr weihnachtlich - so mit Zimt)

- Brownies (Schoki geht ja wohl immer)

- Blondies (Sprich, Brownies nur mit weißer Schokolade und Himbeeren - YEES)

- Kleine Pizzaschnecken

Wie soll man sich da entscheiden? Ich bin ja für ALLES.

Tay und Ash spielen hinterm Haus Footie. Australian Football. Ich beobachte stets, unauffällig, durchs Küchenfenster. Tay guckt und winkt ab und zu. Winke, cool, mit Kochlöffel zurück. Ich versuche herauszufinden, wer von beiden heißer ist. Auch wenn das wahrscheinlich moralisch höchst verwerflich ist. Aber anders macht Erbsenpulen kaum Spaß.

Ash hat natürlich den Vorteil, dass er älter ist. Tay ist da noch ein bisschen mehr Babyface. Aber ein sehr süßes Babyface. Auch nicht zu sehr babyfacig. Eine gute Balance.

Zudem sind Tays Haare wuscheliger, während die von Ash eher straight sind. Ich frage mich, ob Tays Haare genauso gut riechen wie die von Tim. Werde heute Abend mal genauer nachschnuppern.

Ich hoffe, das ist kein nasentechnisches Fremdgehen. Ich will ja wirklich nur mal schnuppern. Ganz unverbindlich.

Voldemort, süße Blondies und andere dramatische Ereignisse

Ich hab es gestern nicht mehr geschafft, irgendetwas aufzuschreiben, weil wir erst so spät zu Pams Shed zurückgekommen sind und dann direkt lights off war. Konnte geradeso meine Zähne fertig putzen. Ich glaube Mum und Dad waren ein bisschen drunk.

Dabei hatte ich enormen Redebedarf. Ich lag noch die halbe Nacht wach und konnte nicht schlafen, weil ich so aufgedreht war.

Aber der Reihe nach:

Beim Mittagessen gab es die große SNACK-ABSTIMMUNG. Gelebte Demokratie! Erst kam es zu einer sehr hitzigen und äußerst amüsanten Diskussion über die verschiedenen Snacks und dann wurde abgestimmt.

In der Kategorie »Süßes« gab es ein Kopf-an-Kopf-Rennen zwischen Ash und Tay. Scherz. Eigentlich war es ein Unentschieden zwischen Blondies und Brownies. Wobei Ash seine gesamten rhetorischen Fähigkeiten hinter die Brownies schmiss, während Tay voller Inbrunst die Vorzüge von Blondies anpries. Raspberry, white chocolate, blue eyes, black hair. Wer kann da schon widerstehen?

»They're the best fucking Blondies in the whole fucking universe! Vote for Blondies!« (Tays Blondies-Propaganda)

»Taylor! Watch your language!« (Judys Versuch, dem ausufernden Schimpfwortgebrauch Einhalt zu gebieten. Ein aussichtsloses Unterfangen.)

Die Entscheidung fiel letzten Endes – weil es einfach unmöglich ist, sich zwischen Tay und Ash, ich meine (hüst), Blondies und Brownies zu entscheiden – auf beides.

Blondies und Brownies. Doppeltes kulinarisches Glück. Die Gerechtigkeit hatte gesiegt.

Zeit für #bakingwithtay.

Backen mit Judy und Tay hat so viel Spaß gemacht! Zuerst haben wir den Teig für die kleinen Pizzaschneckis angesetzt. Der musste ziemlich lange gehen, bis er weich und fluffig war. Perfekte, runde Teigkugeln. Eigentlich die ideale Brustform. Wenn Judy und Tay nicht dabei gewesen wären, hätte ich sie einfach in mein Bustier gesteckt und dort gehen lassen. Einmal Kim Kardashian spielen.

Dann haben wir mit Judy die Brownies gebacken. Mit Cacao-Nibs, also kleinen Kakao-Splittern obendrauf für ein bisschen healthy Crunchfactor. Eine minimale Kruste und darunter weiche, saftige, klebrige Brownieness. Es war sehr vorausschauend von Judy, direkt ein Riesenblech zu machen. Tay und ich haben so viel genascht, dass beim Servieren bestimmt schon ein Drittel aufgefuttert war. Einfach so tasty. Besonders als Judy uns die Küche – oder zu dem Zeitpunkt passender: das Schlachtfeld – überlassen hatte, gab es kein Halten mehr. Brownie um Brownie wanderte mit einem Happs in den Mund. Happy Bäuche!

Dann war #Blondietime!

Tay ist einfach soooo cool! Und witzig. Hach. Wir haben Dads alten iPod an die Boxen in der Küche angeschlossen und es zu Taytay (also Sängerin Taytay) offgeshaket! Tay meinte am Anfang zwar, dass er eigentlich nie im Leben freiwillig Taylor Swift hören würde: »It's just not really my style.« AHA. So lange glaubwürdig, bis er lautstark alle (ALLE) Songs aufs Wort genau mitgesungen hat. Aber er ist KEIN Fan. Ja klar.

Taytay-Fan Tay hat das Backtalent seiner Mum geerbt. Er konnte das komplette Rezept auswendig. Wir haben weiße Schoki gehackt, Teig angerührt, aber die Hälfte der Himbeeren ist irgendwie in unseren Bäuchen gelandet. Ups.

Und als die Blondies aus dem Ofen kamen: Traum. Haben extra eine Mini-Form mehr gebacken, damit wir unbemerkt snacken und probieren können. Und während alles am Auskühlen war, saßen wir mit der Mini-Form zwischen uns auf dem Küchenboden, voller Mehl und Himbeerflecken und haben Probierblondies gelöffelt. Mit ein paar Kerzen wäre es das perfekte Candlelight Dinner gewesen.

Doch wie das in romantischen Situationen (zumindest in Filmen) so ist, kam plötzlich ein Haufen hungriger Leute in die Küche geplatzt, die Essen wollten und jegliche aufkommende Romantik sofort im Keim erstickten.

Judy war sehr energisch dabei, allen (Männern) fest auf die Finger zu hauen, die auch nur versuchten, besagte Finger unauffällig in die Nähe unserer Backwerke zu manövrieren. Mit unseren vollgeschlagenen Bäuchen konnten Tay und ich das ganz entspannt beobachten, während er mir ein sehr verschmitztes Verschwörergrinsen zuwarf. Geheime Blondies-Futterorgien schweißen zusammen.

Auf dem großen, gemütlichen Sofa im Wohnzimmer saßen wir dann, eingekuschelt unter bunten, selbst gestrickten Decken und haben uns wie im Gryffindor-Gemeinschaftsraum gefühlt.

Links und rechts von mir: Gustav und Tay, eng zusammengekuschelt wie kleine Koalas. Tay saß so dicht an mich gedrückt, dass ich am Anfang den Atem angehalten habe. Wenn man sich so der Gegenwart einer anderen Person bewusst ist, dass man sich kaum traut zu atmen, um den perfekten Druck und Anschmieg-Grad nicht zu verändern. Ich hatte Angst, dass, sobald ich mich auch nur einen Millimeter bewegen würde, Tay merken würde, dass ich viel zu nah neben ihm war und auf Abstand gehen würde. Aber das war nicht der Fall. Stattdessen hat er sich voll zufrieden an mich gekuschelt.

Ich hätte für alle Ewigkeit dortbleiben können. Eingekuschelt. Blondies, Brownies, Pizzaschnecken, Harry Potter, Kerzenschein und Tay so dicht neben mir.

Leider kamen irgendwann Judy und Richard zurück und nach dem Ende des Trimagischen Turniers ging es zurück ins Shed.

Da der Weg zum Shed gerade im Dunkeln bekanntlich hart gruselig ist, hat Tay sich wie ein ehrenwerter Ritter bereit erklärt, uns mit einer magischen Taschenlampe den Weg nach Hause zu weisen und uns gegen jegliches Böse aus dem Busch zu verteidigen.

Während Gustav, der Dunkelheit absolut nicht ausstehen kann, ins Shed stürmte, als wäre Voldemort persönlich hinter ihm her, wollte ich gar nicht, dass Tay wieder umdreht und in die Nacht verschwindet.

Und als ich dann schweren Herzens den Schritt über die

Türschwelle ins hell erleuchtete Shed machen wollte, hielt Tay mich am Arm fest – »Wait a second« – und hat mich zu sich gezogen. Und mich geküsst. Auf den Mund. Bevor ich irgendwas sagen konnte, hatte er sich schon umgedreht und ist den Weg zurückgelaufen. TAY HAT MICH GE-KÜSST! TAY FINDET MICH TOLL!!

Ich wusste weder, was ich denken, noch was ich tun sollte. Also stand ich zwei Minuten mit offenem Mund auf der Türschwelle, hab ihm nachgestarrt und mir sooo sehr gewünscht, dass er noch mal zurückkommt. Der Gedanke, auch nur eine Stunde warten zu müssen ihn wiederzusehen, hat mir fast das Herz herausgerissen. Es war so krass. Gleichzeitig hatte ich auch direkt Angst, ihn wiederzusehen. Würde es weird zwischen uns sein? Hat er es als Spaß gemeint? Macht er das mit allen Mädels, die hierher kommen? Zehntausend Gedanken in zwei Minuten. Keine Tilda, um mit ihr zu chatten oder zu skypen.

Mich aus dem Augenblick gerissen und dem Gedankenstrudel ein Ende versetzt hat Mum, die mich irgendwann mit festem Griff ins Shed zog und die Tür energisch zuknallte.

»Maja, Moskitos!«

Es hatte also keiner den Kuss mitbekommen. Thank God, sonst hätte ich mir wahrscheinlich in den nächsten Tagen sehr viele nervende Knutschgeräusche von Gustav anhören müssen. Und jetzt weiß ich einfach nicht, was ich machen soll. Was ich denken soll. Wie verhalte ich mich Tay gegenüber? Auf jeden Fall muss ich es cool spielen. Seeehr cool. Und eigentlich will ich mit Tilda skypen, aber dafür müsste ich ins Haupthaus an den Opa-PC und was, wenn Tay dann denkt, dass ich wegen ihm mit Tilda rede? Vielleicht ist das für ihn ja wirklich nur a little bit of fun gewesen und ich mache mich zum größten Dulli ever, wenn ich da jetzt ein Ding draus mache. Aber Tay war wirklich sooo lieb und witzig und nett gestern. Also vielleicht hatte er es doch ganz ernst gemeint?

Machen sich Jungs auch solche Gedanken? So was müsste ich Tim fragen. Aber da ist die Sache eh kompliziert, weil ich ihn offensichtlich so was NICHT fragen kann. Eigentlich ist Tim ja mein Lieblingsboy.

Ich habe mich sogar kurz gefühlt, als hätte ich ihn hintergangen … betrogen oder so. Aber das ist ja auch lächerlich. Er hat perfect Alma. Ich schulde ihm gar nichts. Er checkt ja nicht mal, dass ich das perfekte Mädel für ihn wäre.

Ob er eifersüchtig wäre? Also, wenn er das wüsste? Ich wünschte, Tay würde nächste Woche mit nach Byron Bay kommen. Dann könnten wir direkt Tim eifersüchtig machen. Eigentlich ist so ein australischer Boyfriend eh viel cooler. Außerdem backt Tay so gut. Und seine Lippen schmecken nach weißer Schoki und Himbeere.

Muss gleich in die Küche, Judy bei der Vorbereitung fürs Mittagessen helfen. Bin krass aufgeregt. Was, wenn ich Tay in die Arme laufe? Cool bleiben. Bond vibes. Easy. Cold and cool.

Peinlich

Toll. Das lief ja perfekt:

Ich ging, innerlich aufgeregt, Richtung Haupthaus. In meinem Kopf in Dauerschleife: »Cool bleiben. Lässig bleiben. Cool bleiben. Lässig bleiben.«

Wollte entspannt und mit ultimativer Lässigkeit das Haus betreten.

Sah, wie Tay mir entgegenkam. Verlor jegliche Kontrolle über Beine.

Stolperte über die Fußleiste (die einfach unverhältnismäßig hochsteht im Vergleich zu normalen Fußleisten).

Fiel einem verdutzten Taylor in die Arme.

Wurde rot wie eine Tomate. Herzrasen. Meine Wangen brannten wie Osterfeuer.

Tay lachte nur. Hielt mich an den Schultern fest und grinste.

Ein kurzes »You're so cute«. Und weg war er.

So peinlich!!! OMG. Wie in einem schlechten Film. Warum bin ich nur so tollpatschig?

Laut Judy, die das von allein erzählte, sind Ash und Tay heute den ganzen Tag mit den Männern und Dad irgendwo im Dschungel und kämpfen sich im Indiana-Jones-Style durch Lianen und Gestrüpp. Einige Wege hier sind wohl etwas zugewachsen und bedürfen Ausbesserung. Keine Ahnung wie groß die Wege sind, dass man dafür fünf Leute braucht. Beziehungsweise vier, wenn man Dad abzieht. Wobei der sich ganz gut macht. Er darf immer noch mitkommen!

Jeden Tag ein neuer Instagram-Post, in dem er eine Axt/Motorsäge/Machete in der Hand hält. Oder eine Heckenschere. Oder er auf der Ladefläche des Pick-ups steht. Er nimmt extra immer seinen Rucksack mit Stativ, Kamera und einigem Stuff von Traveltravel mit. Jeden Morgen steht er um 6.00 Uhr in der Früh auf, läuft den Schotterweg hinab bis zu unserem verlassenen Van, stellt sich aufs Dach und reckt sich in alle Himmelsrichtungen, bis endlich mehr als ein Balken Empfang erscheint und er ein neues Foto posten kann.

Er sorgt sich momentan allerdings ein wenig, dass er Follower verlieren könnte, weil er nicht genug zurückliken und kommentieren kann. Man muss ja stets im Kontakt mit seinen Followern sein. Er hat mittlerweile echt ziemlich viele davon. Nicht Lochis-mäßig viele, aber sehr solide für einen mittelalten Travel-Dad mit leichtem Bierbauch.

Er hält uns regelmäßig auf dem Laufenden, was die Zahlen und Statistiken angeht.

Alle stets gemessen an Teenboy-Dad. Der hat auch Instagram. Sogar echt erfolgreich. NOCH hat er mehr Follower als Dad, aber der Abstand schrumpft. Richtiges Kopf-an-Kopf-Rennen mittlerweile.

Ich frage mich, ob Teenboy-Dad die Fortschritte von Dad auch verfolgt und ihm Dads wachsender Erfolg schlaflose Nächte bereitet.

Pam und Mum gehen mittlerweile, assistiert von Gustav, dem Handwerken nach. Rohre ausbessern und abdichten. Sehr spannend.

Worauf ich eigentlich hinauswollte: Tay sehe ich erst heute Abend wieder. Bis dahin muss ich mich geistig so weit beruhigen, dass ich kühle Eleganz und Kontrolle ausstrahle.

Nach-Picknick-Koma

So vollgefuttert mit Zucchini-Muffins. Und Sandwiches. Und Quinoa-Salat. Food-Koma. Mum, Pam, Gustav und ich liegen auf der Terrasse vorm Tiny House und lassen unsere Fußspitzen von der Sonne kitzeln.

Nachher mache ich eine Skype-Session mit Tilda! Unbegrenzt. Lustigerweise nehmen meine lieben Eltern das mit dem strengen Digital Detox gar nicht mehr so ernst, seit wir hier im Busch hocken. Während ich grundsätzlich immer weniger Lust auf Social Media habe. Wahrscheinlich sehen sie, dass ihre Idee Früchte trägt und ich mich voll zur Social-Media-Unabhängigkeit hin entwickelt habe.
#proudparents #whoneedssocialmedia #smartphonewär trotzdemgeil

Ich habe so viel mit Tilda zu bequatschen! Sie weiß nicht mal, dass es Tay gibt. Geschweige denn, dass dieser Tay supercute ist. Und mich geküsst hat. Und ich emotional einen Spagat zwischen Tay-Tollfinden und Tim-Tollfinden aufführe. Tilda kann bestimmt helfen. Ich werde mir vorher eine Liste mit Stichpunkten machen, die wir abarbeiten können, damit ich nichts vergesse.

Plus: Ich brauche Codenamen für Tay und Tim.

Pizza und Pasta. Tim ist Pasta. Tay ist Pizza. Perfekt. Also Tay-Knutschen gleich Pizzaessen. Perfekt! Da können Mum und Dad dann noch so neugierig ihre Nase zur Tür reinstecken, meine Privatsphäre ist safe. Smart gespielt.

Skype-Hype

Leider war niemand wirklich da, um meine coole Fake-Pizza-Pasta-Skype-Konversation mit Tilda zu hören. Nur Judy ist mal kurz und superdezent vorbeigehuscht und hat sich größte Mühe gegeben, mir meine Ruhe zu lassen. Hmpf.

Habe das Pizza-Pasta-Spiel trotzdem aufrechterhalten.

Ab und zu war es etwas verwirrend. Gerade am Anfang. Aber irgendwann sind Pizza und Pasta with no Problemo über die Lippen gegangen.

Tilda ist völlig verrückt geworden, als ich ihr von Tay erzählt habe. Sie hat sogar gefragt, ob sie die Erlaubnis hat, die Story mit den anderen Girls zu Hause zu teilen (of course!).

Wie erwartet hat sie meine verzwickte Liebessituation genauestens analysiert und zwei Hauptprobleme herausgestellt:

Teenboy hat ALMA. Vergeben. Träum weiter. Tay hingegen ist zwar voll verfügbar, lebt aber im Australischen Busch und wir werden uns nie wiedersehen.

Es sei also weder der eine noch der andere auch nur annährend Boyfriend-Material.

Es war brutal. Eiskalter, harter Realismus.

Selbst Tilda hat dann gemerkt, dass es jetzt eher darum ging zu feiern, dass es aktuell trotz aller Hindernisse *zwei* unglaublich süße Typen in meinem Leben gibt, von denen wohl mindestens einer eventuell ein bisschen auf mich steht. Und hat ausführlich das Leben im Hier und Jetzt gepriesen. Es war sehr süß von ihr. Was würde ich nur ohne sie tun?

Bald gibt es Dinner. Und Tay. Hab ihn seit dem peinlichen In-die-Arme-stürz-Vorfall nicht mehr gesehen.

Mission für Abendessen: Coolness und Sophisticatedness ausstrahlen.

Bye-bye, Tay

Tragik! Tragik! Tragik! Romantische Tragik. Mein Leben ist eine romantische Tragödie.

Tay und ich haben uns geküsst, aber ich werde ihn nie wiedersehen! Morgen früh um 5 Uhr (also lange bevor ich aufstehe) fährt Richard Tay und Ash zurück ins Internat! Weil Montag ist. Wie konnte ich das vergessen?! In meinem Kopf hatte ich noch so viel Romantik und heimliche Küsse eingeplant. Mein Gehirn ist ein Verdrängungs-Meister.

Beim Abendessen waren alle so lustig am Reden und voll entspannt und happy, Tay hat mir mehrere Zwinkerblicke (miau) zugeworfen, mein Bauch hat gekribbelt und alles war perfekt.

Aber auf einmal meint Peter, dass die Jungs sonntagabends immer ordentlich reinhauen, weil es ab Montag ja nur shitty boarding school food gibt. Weil montags die Schulwoche losgeht. Und Tay und Ash zur Schule gehen. Wenn man selbst nicht zur Schule muss und sowieso jegliches Gefühl für Wochentage und Daten verloren hat, verdrängt man so was schnell. Mein happy Bauchkribbeln hat sich in ein plötzliches Bauchzusammenziehen verwandelt. Puh.

Der Rest des Dinners war ein harter innerer Kampf. Mein Impuls war, die ganze Zeit Tay anzustarren. Aber den habe ich natürlich bekämpft. Stattdessen gab es dann subtiles Anstarren im Wechsel mit auffälligen Wegguckphasen.

Habe mir so sehr gewünscht, noch mal mit Tay zu chillen.

Mehr Zeit mit ihm zu verbringen. Mit ihm auf dem Sofa zu kuscheln. Blondies zu backen. Und noch ein Weiße-Schoki-Himbeer-Kuss? Pretty please?

Als hätte er meine Gedanken gelesen, hat Tay dann vorgeschlagen, den letzten Abend im Busch zu feiern, indem wir Harry Potter weitergucken. Statt »jajajaaaaaa« zu rufen, wie es mein Herz in dem Moment wollte, kam mir ein cooles, lässiges und sopisticatetes »sounds good« über die Lippen. Perfekt.

Und eine halbe Stunde später saßen Ash, Tay, Gustav und ich Chips und Schokolade mampfend und unter Decken gekuschelt auf dem Sofa.

(Ich möchte anmerken, dass es sich um Ökochips aus Roter Beete, Süßkartoffeln und Grünkohl gehandelt hat.)

Es war einfach nur schön. Noch mehr als beim letzten Mal habe ich mir gewünscht, dass ich nie vom Sofa aufstehen müsste. Irgendwann hat Tay seinen Arm um mich gelegt. Gustav, der auf meiner anderen Seite saß, hat Gott sei Dank nichts mitbekommen. Das kleine Plappermaul.

Und so saßen wir zusammengekuschelt da, während auf dem Bildschirm Professor Umbridge ihr Unwesen in Hogwarts trieb. Es war so ein toller Abschluss. Hach. Außer die letzte halbe Stunde. Da musste ich sooo dringend auf Toilette. Aber wollte nicht aufstehen, weil ich keine Minute neben Tay verpassen wollte.

Und dann lief auf einmal, vollkommen unerwartet und viel zu früh, der Abspann. Aus. Vorbei.

Aber ich hatte Hoffnung. Hoffnung, dass Tay sich wieder als Beschützer vor Dementoren und anderen Undingen anbieten würde. Doch als wir aus dem kuscheligen Wohnzimmer in die hellerleuchtete Küche kamen, wurde meine Hoffnung zunichtegemacht! Mum. Am Tisch mit Judy. Bereit, uns nach Hause zu bringen. Na toll. Mum mal wieder volle Kraft voraus, um jegliche Chance auf Romantik in meinem Leben zu vereiteln.

Tay schien das Gleiche gedacht und gehofft zu haben. Bei Mums Anblick ließ er mit einem hoffnungslosen Seufzer die Schultern hängen.

Eine letzte Umarmung von Ash und Tay. Habe mir Mühe gegeben, beide genau gleich lange zu umarmen. Sprich sehr kurz. Nichts ist schlimmer, als seinen Eltern auch nur den kleinsten Anlass zu geben, um Fragen zu stellen wie:

»Sag mal, Maja, du und Tay versteht euch ja echt gut, oder?! Schon ein Hübscher, oder?!«

Immer mit dieser super bedeutungsschweren Betonung. Als ob ich dann auf einmal anfangen würde, aus meinem Privatleben zu erzählen. Ernsthaft. Es nervt nur. Was denken sich Eltern?

Bye-bye und unbeholfenes Gewinke. Nicht mal einen letzten, sehnlichen Blick auf Tay konnte ich erhaschen, weil Judy und Mum am Beobachten waren wie zwei Adler auf der Jagd.

Und dann fiel die Tür ins Schloss und wir standen vor dem Haus. Im Dunkeln. Vor uns nur der sandige, einsame und herzlose Weg zu Pams Shed.

Tay und ich waren getrennt wie zwei Liebende durch die

großen Strömungen und Gezeiten des Lebensmeeres. Wie Romeo und Julia. Oh, ich bin so poetisch. Kein Wunder, dass die besten Lieder über Liebeskummer sind. Es spornt die Gehirnzellen an. Wenn man einen kreativen Job hat, sollte man sich grundsätzlich an die unerreichbaren und komplizierten Männer halten. Dann flammt das Herz vor Inspiration und die Lyrik fließt nur so.

Next Day

Heute gibt es Pizza. Judy hat mitbekommen, wie viel ich gestern daüber geredet habe (beim Skypen mit Tilda) und gedacht, ich würde Pizza vermissen. Ich sei so aufgeregt und leidenschaftlich gewesen. Ups.

Also gibt es heute Abend geilste Lehmofen-Pizza. Peter hat vor Jahren einen Lehmofen gebaut und damit kann man Pizza wie beim Italiener machen. Wenn ich Tilda erzähle, dass es die wegen Tays Codenamen gibt, lacht sie sich tot. Pasta steht übrigens morgen auf dem Plan.

#nicenebenwirkung

Gleichzeitig hilft so leckere Pizza natürlich über die Abwesenheit von Pizza-Tay hinweg. Quasi Pizzaessen statt Pizzaküssen.

#herzschmerz #missingpizzaboy #nopizzanolove

Versteckte Botschaften

OMG. OMG. POST! Ich habe Post bekommen. Wobei das Wort Post eher unzutreffend ist. Ich habe eine geheime Nachricht bekommen! Einen versteckten Brief. So aufregend. Als wäre ich in einem Spionage-Liebes-Film.

Mein Leben: exciting!

Zum Mittagessen lag auf meinem Stammplatz am Tisch ein Buch. Ein mir sehr bekanntes Buch.

The Fault in our Stars. Von John Green. Bekanntlich eines der schönsten, traurigsten und lustigsten Bücher, die je das Licht dieser Welt gesehen haben. Eins meiner Lieblingsbücher.

Ich war gerade dabei, den englischen Klappentext zu lesen, als mir Judy von hinten die Hand auf die Schulter legte.

»Das sollte ich dir noch von Tay geben. Er sagt, du musst es unbedingt lesen! War ihm sehr wichtig.«

Dieser Hinweis fächerte meine Neugier an. Denn Tay und ich hatten über das Buch gesprochen. Und er wusste, dass ich es sogar rückwärts aufsagen könnte. Also warum das alles? Bevor ich weiterspekulieren konnte, was sich hinter Tays Hinweis verbergen könnte, stand jedoch schon ein fetter Topf Veggie-Bolo vor meiner Nase und ein Berg aus sich windenden Vollkornspaghetti landete auf meinem Teller.

Nach dem Mittag habe ich mich dann, das Buch lässig zwischen Daumen und Zeigefinger schwingend, auf den Weg ins Shed gemacht. Mittagsschlaf! Beim lässigen hin und her Schwenken des Buches konnte ich auf einmal aus meinen Augenwinkeln eine flatternde Bewegung wahrnehmen. Ein kleiner Zettel lag auf dem sandigen Weg. Karo-Papier. Gefaltet. »MAYA« stand in Großbuchstaben drauf. MAYA. Konnte es sich um einen an mich adressierten Brief handeln? Da Tay und ich bis zu diesem Zeitpunkt lediglich verbal kommuniziert hatten, war es nicht so abwegig, dass er meinen Namen nicht richtig buchstabieren konnte. Dass der Brief an ein längst untergegangenes südamerikanisches Volk adressiert war, hielt ich für eher unwahrscheinlich. Fix den Zettel aufgehoben, umgeguckt und mit dem Papier in der Hand im Sauseschritt auf Toilette. Ja. Der erste Ort, an den es mich mit meinem potenziellen Liebesbrief zog, war das Toilettenhäuschen. Nicht um meine aus Aufregung geschrumpfte Blase zu entleeren, sondern um ein bisschen Privatsphäre zu genießen. Grade Mum kann ihre Neugier ja weder zügeln noch verstecken und das wollte ich mir echt nicht antun.

Mein Herz pochte hart. Langsam faltete ich den Brief auseinander.

Vor meinem inneren Ohr vervollständigte ein dramatischer Trommelwirbel den Moment.

Direkt sprangen mir bekannte Worte ins Gesicht:

White Chocolate … Raspberries … Oven. Be careful, it's hot!

Tay hatte mir sein Blondie-Rezept vermacht. Er hatte sich die Mühe gemacht, das komplette Rezept inklusive seiner Geheimtipps und Tricks für mich aufzuschreiben.

Unter dem Rezept stand eine kleine Nachricht direkt an

mich: »Yo Maya, you're lotsa fun to hang out with! Come back after school for more baking and singing. Take care and safe travels! xx Tay (PS: YES. I love Taylor Swift. Don't tell anyone.)«

HA, ich wusste es! Er steht auch auf Taylor Swift. Es war so klar.

Mein Herz war immer noch am Pochen. Weniger vor Aufregung als vor Freude. Ein Brief, von Tay and mich. Er will, dass ich wiederkomme! Mit mir abhängen macht ihm Spaß.

Nachdem ich den Brief ein zweites, drittes und viertes Mal ausführlich gelesen hatte, einen kleinen Freudentanz aufgeführt und mich gesammelt hatte, schwebte ich aus dem Toilettenhäuschen Richtung Shed.

Ich fühlte mich wunderschön, begehrenswert und unendlich happy.

Spinnenalarm

Ich hatte mich gerade zum Mittagsschläfchen hingelegt, da wurde ich durch einen wie am Spieß kreischenden Gustav aus dem Schlafsack geschüttelt. Im wahrsten Sinne des Wortes. Er hatte mich an beiden Schultern gepackt und schüttelte mich, als würde Taytay neben ihm stehen und ihn auffordern, es off zu shaken.

»AUFWACHEN! SPIIIIINNNEEEEEEEE!!«

Nach drei Sekunden hatten sich meine Augen fokussiert und ich konnte Gustav lange genug festhalten, um mich aufzusetzen.

Wie ein kleiner Derwisch sprang der neben meinem Schlafsack auf und ab. »SPIIIINNNNEEEEEE!! HIIIILFEEEEEE!! MAAAAAAAJAAAAA.«

Es war sofort klar. Hier ging es um Leben und Tod. Leben und Tod der Spinne.

Gustav war, nachdem er sicher war, mich nachhaltig aufgeweckt und von der Dringlichkeit der Situation überzeugt zu haben, bereits die Treppe in die Wohnküche hinabgeflitzt. Mit einer Bratpfanne bewaffnet stand er bereit.

Mittlerweile war ich in Boxershorts und Schlafshirt auch unten angekommen.

»TÖÖÖÖÖTEEEEE SIEEEEE!! TÖÖÖÖTEEEEE SIIIEEEEEE!!!«

Mit dem Blick eines axtschwingenden Killers fuchtelte er mit der Bratpfanne in Richtung der etwa drei Meter entfernten Wand. Zuerst konnte ich die Spinne, aufgrund der eher groben Ortsangabe mit der Bratpfanne, gar nicht ausmachen. Doch dann sah auch ich sie.

Direkt neben einem gerahmten Foto von Richard und Judy aus lang vergessenen Zeiten chillte eine Riesenspinne. Eine Harry-Potter-würdige Riesenspinne. Handgroß!

»TÖÖÖÖÖÖÖÖÖÖÖTEEE SIEEEEE! MAJA!! TÖÖÖTEEE SIEEE.«

Ich traute mich einen Schritt näher heran. Sogar aus der Entfernung sah die Spinne beeindruckend und vor allem bedrohlich groß aus. Aber sie töten? Ich als bratpfannenschwingende Spinnenmörderin? In einem veganen Haushalt?

»TÖÖÖÖÖÖÖÖÖÖÖTEEEE SIIIIIIIEEEEEE!! JEEEEETZT!!!« Gustavs Geschrei war dabei, die Ultrasound-Grenze zu überschreiten.

Ich musste eine Entscheidung treffen. Und sei es nur, um meine Ohren vor dem sicheren Trommelfelldurchbruch zu retten.

Spinne töten?

Was, wenn ich sie verfehlte und sie uns attackieren würde? Wie die Brown Snake es fast getan hatte?

Was, wenn Judy und Richard es rausfinden würden? Würden sie uns vor die Tür setzen, weil wir ein harmloses Tier ins Nirvana befördert hätten?

Was, wenn die Spinne kleine Spinnenbabys hat, die einen schrecklichen Hungertod sterben würden, wenn ich ihre Mum erschlagen würde?

Haben Spinnen überhaupt Babys, die auf sie angewiesen sind?

Während ich panisch hin und her überlegte, spürte ich einen plötzlichen Luftzug. Eine dunkle Gestalt rauschte an mir vorbei und ein lauter Knall ließ Gustav verstummen.

Das gesamte Shed schien durch den Pfannenschlag zu vibrieren.

Während ich am Zögern gewesen war, hatte Mum, die gerade mit Dad von einem romantischen Verdauungsspaziergang zurückkam, gehandelt. Der Instinkt einer Mutter. Kinder vor Spinne.

Schwer atmend, mit einer gusseisernen Pfanne, die ungefähr doppelt so groß wie die kleine Alupfanne in Gustavs Hand war, drehte sie sich zu uns um. Im Hintergrund klebte die sehr tote und sehr platte Spinne an der Wand.

»Wer hat Lust auf Frühstück?«

Bye-bye, Free Mountains

Unser Van hat die Zeit ohne uns überlebt. Auch wenn er sich wahrscheinlich zwischenzeitlich sehr allein und verlassen gefühlt haben muss. Einfach so im Nirgendwo abgestellt.

Jetzt hat er uns ja wieder. Good Van. Good Boy.

Der Abschied von Free Mountains war very heartbreaking. Obwohl wir nicht lange dort gewesen waren, sind wir uns alle gegenseitig ans Herz gewachsen. Judy, meine Küchen-Patentante, Richard, aka Aussie-Bush-Opa, Peter, unser Special Agent, und natürlich Pam. Und das Shed. Und irgendwie auch die Koalas. Und die Wallabies. Und die Composting Toilet. Die nächtlichen mit Bratpfannen bewaffneten Kloausflüge. Der tolle Ausblick beim Pinkeln. Judys Hot Chocolate. Das Essen. Pams und Peters Tiny House. Der ständige Nervenkitzel, weil hinter jeder Ecke ein gefährliches Tier lauern könnte.

Und natürlich Tay. Hatte insgeheim bis zum Ende gehofft, dass er noch plötzlich hinter einem Eukalyptusbaum hervorspringen und mir vor versammelter Mannschaft seine Liebe gestehen würde. Oder zumindest noch mal Tschüss sagen würde. Aber wie ich leider feststellen musste, lebe ich nicht in einer romantischen Komödie. Schade.

Aber ich bin mir sicher, dass ich in einigen Jahren mit Tilda im Schlepptau wiederkomme. Zumindest hat Judy mich schwören lassen, dass ich mich nach dem Abi hier blicken lasse. Und Judy kann ich nicht enttäuschen.

Aber während ein Teil von mir sich von Trennungs-schmerz zerrissen fühlt und direkt Heimweh nach Free Mountains hat, freut sich der andere, größere Teil (ich schätze ganze sechzig Prozent) wie wild auf Byron Bay! Mit Teenboy-Family!! Heute Abend kommen wir an und machen großes Wiedersehen-Barbecue. Judy hat uns sogar Brownies und Pizzaschnecken als Beilage mitgegeben. Wobei ich stark bezweifle, dass sie hier im Van länger als dreißig Minuten überleben werden.

Wiedersehensvorfreude

Mit der in einem Camper-Van höchstmöglichen Geschwindigkeit, sprich Schneckentempo, nähern wir uns Byron Bay. Laut den Schildern am Straßenrand ist es nicht mehr weit. Die Aufregung steigt.

Gustav ist auch schon in bester Vorfreude-Laune und grinst wie ein kleiner Breitmaulfrosch. Ich nehme jetzt einfach mal an, dass Breitmaulfrösche auch breit grinsen. Hunde lächeln ja auch. Wieso nicht auch Frösche? Zumindest sieht Gustav wie einer aus.

Die Eltern sind auch unglaublich gut drauf. Insbesondere Dad.

Die Aussicht auf gut funktionierendes WLAN scheint ihn unglaublich zu beglücken. Endlich keine Wanderung mehr erforderlich, um sein Outfit of the day (#ootd) zu posten.

Man könnte uns fast für treulose Tomaten halten, so gut wie wir drauf sind trotz der Trennung von Free Mountains. Vorhin haben wir sogar alle zusammen lauthals *Lieblingsmensch* gesungen. ALLE ZUSAMMEN. Als wären wir in einer Frühstücksmüsli-Werbung. Immerhin hat uns niemand gesehen. Oder gehört.

Oder gefilmt. Außer vielleicht die NSA, da weiß man ja nie.

Tränenreiches Wiedersehen nach jahrelanger Trennung

Das Wiedersehen war natürlich nicht tränenreich. Leichte Dramatisierung. Aber trotzdem sehr schön. Als wir auf den Campingplatz fuhren, stand die komplette Teenboy-Family vor ihrem Van, winkend, die Grillzangen in den Händen, die Seitanwürstchen auf dem Rost, und für einen Moment war es sehr rührend. Wie nach Hause kommen.

Jegliche Überbleibsel des Herzschmerzes, den der Abschied von Free Mountains verursacht hatte, waren direkt wie weggepustet. Strahlende Gesichter und langes Geknuddel. Selbst Dad und Teenboy-Dad haben sich eine erstaunlich lange Umarmung gegönnt. Ich checke das ja echt nicht. Einerseits mega im Konkurrenzmodus was Insta angeht und andererseits voll seelenverwandt. Ziemlich weird.

Und Tim. Was soll ich sagen: CUTE. Todescute. Ultracute. Wie ich seine braunen Wuschelhaare vermisst hatte. Sein süßes Lächeln. Sein Lachen. Ich will jetzt ja nicht so tun, als hätte ich die letzten Wochen nicht jeden Tag alle Tim-Fotos aus Thailand immer weder durchgeguckt. Im Geheimen versteht sich.

Aber live ist er noch viel cuter.

Er hat mich mit einem lachenden »What's up, Gollum?« auf den Lippen umarmt, woraufhin ich ihn natürlich direkt in sein Sixpack boxen musste. Es scheint ihm nicht wehgetan zu haben. Stattdessen hat er noch mehr gelacht und meine Haare verstrubbelt: »Maja, Maja … ich muss ehrlich sagen, du hast mir gefehlt.«

ICH HAB IHM GEFEHLT. ER HAT MICH VER-MISST. YES.

Lebensziel erreicht. Jetzt kann ich glücklich sterben. Scherz. Aber ich hab mich schon sehr gefreut. Schließlich hab ich ihn ja auch ein minibisschen vermisst. Nur ein klitzekleines bisschen.

Den Rest des Abends wurde gegrillt, was das Zeug hält, Fotos angeguckt, Geschichten ausgetauscht …

Als Mum die Bilder von der Free Mountain Foundation rausgeholt und angefangen hat, von Tays und meinen Back-und-Kochkünsten zu erzählen, war Tim auf einmal äußerst interessiert.

Er ist dichter an Mum herangerückt, um besser gucken zu können. Erst dachte ich, er hätte sich die Backwaren angeschaut. Aber dann hat er sich zurück zu mir gelehnt:

»Und, du und dieser Tay, schreibt ihr noch viel? «

»Nö, wieso?«

»Ach, nur so …«

… Schweigen …

»Maja, wie fandest du eigentlich die Seitanwürstchen?«

»Sehr lecker, warum fragst du?«

»Nur so. Ich hab die übrigens ausgesucht, extra nicht die mit Chili genommen. «

War Tim vielleicht ein bisschen eifersüchtig auf Tay? Fühlte er sich von einem Blondie-backenden Aussie bedroht und versuchte mit guter Würstchen-Wahl zu kontern?

Ich konnte gerade noch ein Kichern unterdrücken. Das hätte ihm wahrscheinlich den Rest gegeben. Dem Armen.

Innerlich hab ich natürlich vor Freude leicht getobt.

Alma wurde übrigens mit keinem Wort erwähnt. Werde die nächsten Tage mal nachforschen, was an der Front so geht. Definitiv verdächtig!

Back in Byron Bay

Zur Feier des Tages haben Mum und Dad es sich nicht nehmen lassen, ordentlich in die Reisekasse zu greifen und ganz luxuriös ein paar Nächte auf dem Campingplatz spendiert. Ich fühle mich fast wie ein Spießer, so mit legalem Duschen und angstfreiem Pinkeln.

Morgen geht das große Surfabenteuer los.

Meine Begeisterung hält sich, mal ganz ehrlich und nur unter uns, eher in Grenzen. Sehr überschaubaren Grenzen.

Immerhin bin ich durch regelmäßige Yoga-Sessions mit Mum zumindest in Topform. Vielleicht gleicht das das Motivationsdefizit aus. Dad hat übrigens auch ganz lässig seine Teilnahme am morgendlichen Yoga angekündigt. Er sei schließlich durch die ganze harte Arbeit bei Free Mountains in der besten körperlichen Verfassung seines Lebens. Was sehr interessant ist, da das absolute Maximum an Bewegung bei FM für ihn darin bestanden hatte, Holzscheite zu stapeln und morgens die Schotterstraße bis zum Van hinunterzustolpern, um bei Insta zu posten. Allerdings war der Empfang auch wirklich dermaßen schlecht gewesen, dass das ganze Hin-und-her-Gerenne vielleicht wirklich als Sport zählt. Aber er wird noch früh genug merken, dass das Angucken und Followen von Instagram-Yoga-Gurus einen nicht zum Yogi macht.

Hot, hotter, Howard

Die erste Surfeinheit wurde erfolgreich und ohne zivile Opfer oder größere Sachschäden absolviert.

Widmen wir uns nun aber erst einmal der wichtigsten Erkenntnis des heutigen Tages: Unser Surflehrer ist objektiv betrachtet, wissenschaftlich geprüft und von der UN sowie dem TÜV anerkannt der heißeste Surflehrer aller Zeiten.

Die absolute Perfektion. Groß, athletisch, gebräunt und salzwassergegerbt. Wilde Sommersprossen. Grüne Augen. Hellbraune, volle Haare mit sonnengebleichten Spitzen. Strahlend weißes Filmstarlächeln. Habe ich das Eightpack schon erwähnt?

Selbst die Möwen haben sich lüstern nach ihm umgedreht, als er mit einem unglaublich lässigen »G'day Mate« auf den Lippen und Profisurfboard unterm Arm auf uns zuschlenderte und seine Haare von einer leichten Brise verweht sanft in seine Stirn fielen.

Während Mum und Mia sofort anfingen, wie kleine Schulmädchen zu kichern und ihre Stimmen um eine Oktave nach oben rutschten, zogen sowohl Teenboy-Dad als auch Dad direkt den Bauch ein und versuchten Howies lässiges Schlendern und sein rauchig dahingehauchtes »G'day Mate« zu imitieren.

Bedauerlicherweise hatte Teenboy-Dad voll freudiger Erwartung schon das Fußband seines Surfbords am Unterschenkel befestigt. Während also Dad ein wenigstens halbwegs anständiges, wenn auch etwas hüftsteifes Cowboy-schlendern an den Tag legte und Howard mit Handschlag begrüßte, wurde Teenboy-Dad vom Fußband auf den sandigen Boden der Realität zurückgeholt.

Während er die Hand zur Begrüßung ausstreckte, verfing sich sein linker Fuß im mittlerweile straffgespannten Surf-boardgummiband, und mit einem erschrockenen Grunz-Umpf-Laut statt des angepeilten »G'day« stürzte Teenboy-Dad Howard in die Arme.

Hätte Teenboy-Dad nicht zwei dicke, weiße Sonnen-cremebalken wie Kriegsbemalung auf den Wangen – man hätte ihn direkt als Hummer-Spezial auf die Speisekarte der Strandrestaurants setzen können, so schnell schoss eine knallige Röte in sein Gesicht.

Mum und Mia wurden durch die gelungene Begrüßungs-einlage zu noch enthemmteren Kichern angespornt, während Dad beim Versuch sein Lachen zu unterdrücken langsam ebenfalls tiefrot anlief.

Rekapitulation
erste Surfstunde

Die erste Surfstunde war abgesehen von Howies Anwesenheit, die allein die Teilnahmegebühr rechtfertigen würde, eher unspektakulär.

Sehr viel Blabla. Safety, Wellen, Wetter und so Zeug. Tim, Mia, Mum, Dad und ich saßen um eine kleine Tafel herum und Howie gab sich größte Mühe, uns mit seiner Leidenschaft für die Theorie des Surfens anzustecken. Da stieß dann auch eine sexy Naturgewalt wie er an seine Grenzen.

Teenboy-Dad hatte sich bereits zu Beginn der Surfstunde mit dem Hinweis, in seiner Jugend viel gesurft und auf jeden Fall #fortgeschritten zu sein, verabschiedet. Howie hatte noch protestieren wollen, aber da war Teenboy-Dad schon mit Board unterm Arm und Kamera in der Hand am Wegspazieren gewesen. Dad hatte ihm sehnsüchtig nachgeblickt.

Anders als erwartet war Teenboy-Dad jedoch nicht zum Wasser geschlendert, um sich in die Fluten zu stürzen, sondern hatte erst mal eine Insta-Session eingelegt. Er hatte sogar sein Stativ dabei und turnte folglich im Hintergrund unserer Surf-Lesson mit seinem Board die gängigen Posen durch, in denen man auf Insta seine Leidenschaft fürs Surfen kommuniziert, ohne tatsächlich ins Wasser zu gehen und zu surfen.

Pee oder Pea?
Existenzielle Frage

Heute zweite Surfstunde erfolgreich hinter uns gebracht. Meine Arme sind gegen Ende fast abgefallen. Das ständige Rauspaddeln ist sooo anstrengend. Und dann soll man auch noch eine Welle abpassen, mit ihr gen Strand rauschen und dabei ganz easy vom Liegen aufs Board springen. Hat bei mir genau null Mal geklappt. Also ein voller Erfolg. Bei Tim sah das Ganze etwas besser aus, aber so ganz der Surfprofi, wie ich mir das vorher ausgemalt hatte, ist er dann doch nicht. Was gut ist, weil wir so stundenlang nebeneinander auf unseren Boards chillen konnten.

Oder, in Tims Fall, auf dem Wasser. Statt wie alle anderen Surfer (mich mit eingeschlossen) locker leicht die Beine im Wasser baumeln zu lassen, achtet Tim immer peinlichst genau darauf, dass seine Beine *nicht* im Wasser sind. Es könnte ja ein Hai dran knabbern. Stattdessen liegt er die ganze Zeit. Flach auf dem Brett. Beine in Sicherheit.

Ja. Der Gute scheint an einer ausgeprägten Form von HAIPHOBIE zu leiden. Was er bestreitet.

Nach dieser unglaublich erfolgreichen Einheit, als alle aus dem Wasser gekommen waren, wir uns aus unseren Neopren-Anzügen gepellt und die Surfboards weggeschleppt hatten, liefen Tim und ich noch den Strand entlang.

Auf einmal tauchten drei Gestalten in der Ferne auf. Zuerst fielen sie mir gar nicht auf. Aber je näher sie kamen, desto bekannter erschienen sie mir.

»PEE-GIRL! OH MY GOD! IT'S PEE-GIRL!! PEEEEE! PEEEEE! PEEEE!«

Dazu hysterisches Lachen. Bevor ich reagieren und die kleinen Kröten den Haien zum Fraß vorwerfen konnte, hatten sie bereits auf dem Absatz kehrtgemacht und waren am Davonflitzen.

Die ganze Sache hatte nicht länger als fünf Sekunden gedauert, innerlich wurde ich jedoch zurück an den Tag des unglücklichen Quallenübels katapultiert. Wie in einem Zeitraffer sah ich Gustavs von Striemen überzogenes Bein, sein schmerzverzerrtes Gesicht, das ständige »PEEEE ON HIM!!! PEEEEE! PEEEEE! PEEEEE!« in den Ohren.

»Maja? Maja?! HALLO? Jemand zu Hause?«

Lachend fuchtelte Tim mir mit seinen Händen vor dem Gesicht rum.

»Erde an Maja! Wieso haben die dich Pee-Girl genannt? Wer waren die?«

Shit. Mein Gehirn war am Rattern. Welche gute Erklärung kann man schon haben, wenn man vor dem cutesten Boy aller Zeiten als Pee-Girl bezeichnet wird?

Und dann kam mir die Erleuchtung. Klein. Rund. Grün. Erbsen! Peas! Hört sich gleich an. Passt!

»Ach, ja, die Jungs … haha. Das, äh, war im Supermarkt. Mir ist 'ne Packung Tiefkühl-Erbsen runtergefallen. Überall Erbsen. Peas halt. Mega viele Erbsen. Alles war grün! Magst du auch Erbsen?«

Für einen optimistischen Augenblick war ich davon überzeugt, ein gutes Alibi rausgehauen zu haben.

Tims Lachen deutete auf das Gegenteil hin.

»Alter, Maja. Du bist ohne Scheiß die aller, allerschlechteste Lügnerin, die ich kenne! Du hast kein Poker-Face! Du hast ein Anti-Poker-Face! Sobald du Bullshit erzählst, werden deine Augen ganz glasig, du siehst aus wie in Trance und dein Blick wird voll unfokussiert! So wie damals, als du bei uns unterm Bungalow rumgerobbt bist. Wer sind die wirklich?«

Weiteres vergnügtes Lachen und Glucksen von Tim. Mein Alibi … wertlos. Hab mich gefühlt, wie ein Reh kurz vor der Kollision mit einem zu schnellen Auto. Mist.

Rückblickend kann ich gar nicht sagen, welcher verdammte Teufel mich geritten hat. Vielleicht hatte das Herumschleppen dieses leicht traumatischen Erlebnisses mich belastet. Ich weiß es nicht. Aber im nächsten Augenblick fingen Mund und Zunge an, dieses lang verdrängte Geheimnis ans Tageslicht zu befördern. Ich habe ihm die komplette Geschichte erzählt. Ich habe nichts ausgespart. Nichts beschönigt. Die ganze Wahrheit.

Und Tims Reaktion? Lachen. Schallendes Lachen. Er hat gar nicht mehr aufgehört. Am Ende hatte er Tränen in den Augen. War ja klar. Ich schüttete mein Herz und mein dunkelstes Geheimnis vor ihm aus und er lachte über mich.

Ich war so wütend. Wollte gerade umdrehen und beleidigt wegstampfen, als er mich am Arm festhielt.

»Hey, nicht sauer sein! Sorry, aber die Geschichte ist soooo nice! Du legst hardcore Wonder-Woman-Verhalten an den Tag, um Gustav vor dem sicheren Tod zu retten, und lässt dich nicht dafür feiern? Alter, komm mit! Darauf kauf ich dir ein Eis, irgendwer muss dir ja mal Props dafür geben! Was für ein Boss-Move!«

Sprach's, gab mir einen Kuss auf die Stirn und zog mich in Richtung Eisstand.

Ja. Einen Kuss. Von Tim. Auf die Stirn. Okay. Nur auf die Stirn. Sehr freundschaftlich. Aber einen Kuss!!! Für meine Pee-Geschichte! Ich erzähle ihm, wie ich andere Leute anpinkle, und statt angeekelt das Weite zu suchen, küsst er mich und lädt mich zum Eisessen ein! Drei Kugeln. Mit Sahne und Streuseln.

EIN KUSS. EIN KUSS. EIN KUSS. EIN TIM-KUSS!!

Und wem habe ich es zu verdanken? Den drei kleinen Kackbratzen, die ich vorhin noch den Haien zum Fraß vorwerfen wollte. Ironie des Schicksals.

Da gibt man sich Mühe, cool, schön, intelligent, witzig und unwiderstehlich zu sein, und stattdessen muss man nur seinem kleinen Bruder ans Bein pinkeln, um die ewige Bewunderung des Traumboys zu bekommen.

Weihnachtsvorfreude

Heute Morgen vorm Surfen gab es ein Familien-Treffen. Von uns und Teenboy-Family.

Die Erwachsenen hatten uns etwas zu sagen. Alle wirkten reichlich nervös. Was zum Teufel konnte zu solcher Nervosität führen, beide Familien betreffen und so wichtig sein?

- Wurde die Timtams-Produktion eingestellt?

- Würden sie uns mitteilen, dass wir von nun an in einer Reisekommune leben würden? Tim als mein Kommunenbruder? Oh Gott. Bitte nicht.

- War Deutschland über Nacht von einer amerikanischen Atombombe getroffen worden, die eigentlich für Iran oder Nordkorea bestimmt war?

Und dann wich die Nervosität einem breiten Lächeln auf den Gesichtern. Einem sehr breiten, erwartungsvollen Lächeln bei allen vieren. Oje. Das konnte ja was werden.

Um das, was folgte, kurz und knackig zusammen-
zufassen:
- Niemand stirbt.

- Niemand ist krank.

- Deutschland existiert noch.

- Iran und Nordkorea auch.

- Weihnachten wird das beste Weihnachten ALLER
  ZEITEN.

Ja. Es ging um Weihnachten. Und nein, sie haben uns nicht
mitgeteilt, dass der Weihnachtsmann eigentlich doch existiert und uns heimlich auf dem Klo beobachtet.

Weihnachten wird ein supergeiles Riesenfest mit Teenboy-Family bei Opa und Bruce in Neuseeland!

Kraaaass. Weihnachten mit Tim.

Oma kommt!

Sogar Oma wird ihren knackigen Hintern an Weihnachten vorbeischwingen. Oma! Die unfassbare, unerreichbare, motorradfahrende Jet-Set-Königin.

Seit der Scheidung lebt Opa mit seinem Lebensgefährten Bruce in Neuseeland und betreibt ein erfolgreiches Bed and Breakfast, während Oma mit dem Scheidungscash in der Tasche um die Welt düst, das Singleleben genießt und erotische Reiseliteratur für die gebildete Ü60-Frau schreibt.

Ab und zu bekommen wir sie zu Gesicht. Vor allem via Skype.

Die Scheidung bekam beiden sehr gut. Der Auslöser war jedoch nicht die Tatsache, dass Opa auf Männer steht, oder unüberbrückbare Differenzen. Und sie kam auch nicht plötzlich, sondern war von langer Hand geplant. Die Scheidung war das Ziel, um das es die ganze Zeit gegangen war. Oma und Opa sind nämlich nicht nur schon immer beste Freunde, sondern auch sehr gute Geschäftspartner gewesen. Zumindest drücken sie es so aus. Ihr Geschäft? Ordentlich Erbe abcashen.

Opa kommt aus einer sehr reichen Family. Sehr reich. Sehr konservativ. Sehr homophob. Uroma und Uropa waren zwei steinreiche, griesgrämige und verbitterte alte Geldsäcke, die ihren Sohn beim ersten Anzeichen von Homosexualität verstoßen und enterbt hätten.

Das mit dem Verstoßenwerden wäre gar nicht das Pro-

blem gewesen – niemand chillt gerne mit menschgeworde-
ner Essigessenz – aber das Erbe. Das wollte sich Opa nicht
entgehen lassen.

Und zusammen mit seiner besten Freundin (Oma)
kam er zu folgendem Business-Arrangement:

- Heiraten

- Ein Kind

- Sobald die Alten das zeitliche segnen Scheidung
  und 50/50 vom Erbe.

Abgesehen davon, dass Uropa und Uroma erstaunlich lange
an ihrem verbitterten Leben festgehalten hatten (Unkraut
vergeht nicht, pflegt Oma zu sagen), hat der Plan perfekt
funktioniert.

Und zur Freude aller Beteiligten finanziert das homo-
phobe Rassisten-Geld mittlerweile ein queer-friendly Bed
and Breakfast in Neuseeland und Omas selbstverlegte erotische Reiseliteratur.

Surfblues

Surfen ist anstrengend. So anstrengend. Man paddelt die ganze Zeit. Und muss das Surfboard am Strand langschleppen. Paddeln, paddeln, paddeln. Und dann wieder schleppen. Paddeln, paddeln, paddeln. Ich dachte, mit der Zeit würde es leichter werden, aber nada. Stattdessen fühlt es sich an, als hätten die letzten Tage meine Arme und Beine in Blei verwandelt.

Gustav und Fabi haben ja direkt vor der ersten Theoriestunde (nachdem sie ihre Kindersurfbretter schleppen mussten) entschieden, wieder auf Bodyboarding umzusteigen. Wie gerne ich mich anschließen würde! Aber dann hätte ich diese Momente mit Tim nicht, in denen wir nebeneinander draußen auf dem Wasser treiben und quatschen oder schweigen und es einfach so schön ist. Bis dann eine dumme surfbare Welle kommt und er davondüst. Ja. Mittlerweile scheint er den Dreh voll rauszuhaben. Sehr zur Begeisterung von Howie.

»Yeees, Timmy! Yeah, mate! Awesome!! That's fantastic.«
Meine Motivation schwindet jeden Tag mehr.

Howie und Tim hingegen gehen davon aus, dass es nur den richtigen Motivationszauberspruch braucht, um meine innere Surfgöttin zu entfesseln.

- The next wave is yours! I can feel it!
- Tomorrow will be your day! I know it!
- Du schaffst das! Ist gar nicht schwer.

Ich weiß, dass sie es lieb meinen. Aber sehen sie nicht, was für ein grobmotorischer Klotz sich da durchs Wasser schiebt?

Insta-Dads #Morgenroutine

Dad und Teenboy-Dad übertreiben es mittlerweile. Hart. #Instadads. Die beiden stehen jeden Morgen VOR Sonnenaufgang auf, schleichen sich vom Campingplatz und schleppen ihre Surfboards zum Strand. Und ihre Stative. Ihr ganzes Equipment. Und dann gehen die Foto-Sessions los. #DerfrüheVogel #Sonnenaufgang #Surferlife #ByronBay #MeinBoardundich

Wenn man Instagram glaubt, sind die beiden die leidenschaftlichsten Surferdudes ever.

Nach einer Stunde Posen und so tun, als würden sie schon morgens die Wellen bezwingen, schleppen sie dann wieder alles zurück zum Campingplatz, klettern leise wie zwei kleine Mäuschen in die Vans und schlafen weiter.

Das Geschleppe. Der Schlafmangel. Die unglaublich souveränen und natürlichen (haha) Posen mit den Surfbrettern. Die Heimlichtuerei. #AllesfürInsta

Da es sich um Dad und Teenboy-Dad handelt und nicht um zwei russische Spione, haben wir trotz größtmöglicher Geheimhaltung natürlich längst mitbekommen, womit die beiden die frühen Morgenstunden verbringen. Als sie das zweite Mal los sind, haben wir uns alle hinterhergeschlichen, um rauszufinden, was sie machen. Dann saßen wir in den Dünen versteckt, haben Fotos von den Posern gemacht und hatten extrem viel Spaß auf Kosten der beiden. Seitdem tun wir so, als wüssten wir von nichts.

Alma

Hier noch eine leicht optimistische, aber auch solider Grundlage entbehrende Vermutung:

Ich glaube, zwischen Alma und Tim ist es am Bröckeln. Oder vielleicht hat es sich schon ausgebröckelt?

Tatsache ist, dass Tim früher (also in Thailand) nicht aufhören konnte, von Alma zu reden. Wie hübsch. Klug. Nett. Witzig. Blablabla. Hat mich ja immer total aufgeregt. Aber seit wir in Byron Bay sind, herrscht an der Alma-Informations-Front und damit auch an der Teenboy-Beziehungsstatus-Front Stille.

Tim hat das Wort ALMA nicht einmal in den Mund genommen, seit wird hier sind. Einmal hat er zwar DALMA-tiner gesagt, aber das zählt offensichtlich nicht.

Habe zwei- oder dreimal ganz subtil versucht, ihn in Richtung des Themas zu lotsen, aber er hat wie eine listige Schildkröte abgeblockt und das Thema gewechselt.

Es gibt also drei Möglichkeiten:

1. Der Schmerz, den die körperliche Abwesenheit Almas verursacht, ist so groß, dass es ihn hat verstummen lassen.

2. Die Alma-Situation ist kritisch und er traut sich nicht, drüber zu reden, weil er sonst zum Beispiel weinen müsste.

3. Die Alma-Situation ist aus und vorbei.

4. Er hat gelesen, dass es uncool ist, ständig von seiner Freundin zu reden. Kann mir gut vorstellen, dass es Männer-Magazine gibt, die so was vertreten.

Okay, es sind vier Möglichkeiten. Auf jeden Fall mysteriös! Die Zeichen sind uneindeutig.

MONSTERWELLENTAG

Yippie, yippie, yeah!!

Surf-Lessons für heute abgebrochen. Meganice!! Howie meint, die Wellen sind für uns »waaaaaaay toooo big«.

Wir dürfen also nicht weitersurfen (beziehungsweise in meinem Fall rumdümpeln und sich sehnlichst wünschen, stattdessen zu bodyboarden). Bester Tag. Howie ist nach Absage der Stunde direkt mit seinem Board in seinen Pick-up gestiegen und zu einem Top Secret Beach gefahren, wo wohl die mega Pros am Surfen sind.

Der Rest von uns liegt Timtams und Sandwiches mampfend am Strand und beobachtet das Wellenspektakel aus sicherer Entfernung.

Teenboy-Dad (auch bekannt als #DerFortgeschrittene) hingegen hat sich, sobald Howie außer Sichtweite war, sein Surfboard geschnappt und ist Richtung Monsterwellen gelaufen. Weil er so fortgeschritten ist. Auf Howies Einschätzung (»Don't go out there. You will all die«) legt er eher weniger wert. Auf Mias Protest hin, meinte er nur, Howies Hinweis hätte, voll offensichtlich, nicht für ihn gegolten. Er sei ja fortgeschritten.

Als Dad sehr unüberzeugt und unmotiviert kleine Anstalten machte, Teenboy-Dad in die Fluten zu folgen, packte Mum ihn am Arm:

»Wage es ja nicht!!«

Unglaublich dankbar ließ sich Dad wieder in den Sand

fallen und widmete sich glücklich den restlichen Keksen.

Ferner erwähnenswert: Tim sieht so gut aus. OMG. Sonnengebräunt, sturmverwehte wuschelige Beachwaves, grauer Hoodie und coole Vans-Cappy. Halt ein echter Surferboy. Miau.

.... 45 Minuten sind vergangen, seit Teenboy-Dad wie ein Gladiator in den Kampf gegen das Wasser gezogen ist. Die Wellen werden immer rauer und größer.

Mia ist unglaublich nervös. Tim auch. Er versucht es zu überspielen. Aber er ist offensichtlich geistig absolut nicht bei der Sache, sondern malt sich hundert Wege aus, wie das Meer seinen Dad verschluckt und erst in drei Wochen als aufgedunsene Leiche irgendwo wieder ausspuckt. Zumindest wirkt es so. Einmal hat er während seiner Ausführungen über die Menschenrechtssituation in Myanmar einfach aufgehört zu sprechen. Mitten im Satz. Und hat wie ein kleiner Fisch mit offenem Mund aufs Meer gestarrt. Erst mein Ellenbogen in die Rippen hat ihn wieder aufgeweckt.

Ich würde wahrscheinlich auch in den Offenen-Mund-Fisch-Modus verfallen, wenn Dad jetzt da draußen mit den Monsterwellen kämpfen würde.

.... Es verlassen immer mehr Surfer das Wasser.

Das Fass scheint übergelaufen beziehungsweise Mias Geduld am Ende zu sein. Mit der auf weichem Sand höchstmöglichen Entschlossenheit ist sie aufgesprungen und marschiert nun zum Wasser. Jetzt winkt sie Richtung Teenboy-Dad. Kreist mit den Armen. Macht halsabschneidende Gesten. Sie wäre bestimmt eine gute Fluglotsin geworden.

.... Mia kommt zurück. Scheinbar doch keine gute Fluglotsin. Teenboy-Dad weigert sich, ihren Anweisungen Folge zu leisten und das Wasser zu verlassen. Die unausgesprochene Frage steht im Raum, ob Teenboy-Dads Gehirn über Nacht von Aliens amputiert worden war.

.... **30 Minuten** später. Die Girls und Boys von der Küstenwache sind in Aufruhr. Sie haben eben die ROTE FLAGGE gehisst. Also alle verdammt noch mal aus dem Wasser. Wellen und Strömung sind so krass, dass (fast) alle Surfer das Weite gesucht haben. Langsam ist es auch superwindig. Ich habe eine Mischung aus Keksmatsch und Sand zwischen den Zähnen.

Mia meinte gerade, wie froh sie ist, dass auch Teenboy-Dad jetzt endlich gezwungen wird, seinen Allerwertesten aus der Gefahrenzone zu bewegen. Sobald er da ist, geht es zurück zum Campingplatz ins Warme. Es wird langsam wirklich frisch. Tim wirkt auch sehr erleichtert. Er lächelt sogar wieder.

.... **10 Minuten** später. Teenboy-Dad ist nicht unter den Heimkehrern. Mia, Tim und Dad sind zum Wasser und halten Ausschau. Dezente Panik. Außer bei Gustav und Fabi. Vollkommen ins Sandburgenbauen vertieft. Wie immer.

.... Scheinbar ist ein Surfer sehr weit abgetrieben und muss gerettet werden. Mia am Hyperventilieren. Tim sehr bleich um die Nase. Seine Zähne knirschen. Der Verdacht ist groß, dass es sich um Teenboy-Dad handelt. Mia geht zur Küstenwache.

.... Küstenwache kann nicht mit Speedboot zur Rettung rausfahren, weil zu starker Seegang.

.... Mia in voller Hysterie. Küstenwache kann Surfer erkennen. Er macht Seenotzeichen. Sie bereiten scheinbar Helikoptereinsatz vor. Müssen sich sehr beeilen. Wetter wird schlechter und bei Sturm können sie mit dem Heli nicht raus.

.... Mia sitzt still und wie ein Geist im Sand, eine der Lifeguards bringt cups of tea und biscuits. (Auf die Gefahr hin, dass das im Angesicht des dramatischen Hintergrundes jetzt oberflächlich und unbesorgt wirkt: Das Lifeguard-Girl ist mega. Sie heißt Maddie, ist 18 und so cool! Ihre kurzen Haare sind vom vielen Surfen sonnengebleicht und fallen ihr so meeega stylisch ins Gesicht und über die Augen. Wie frisch aus einer Roxy- oder Quicksilver-Werbung. Aber mehr dazu ein andermal. Jetzt ist erst mal Kampf um Leben und Tod angesagt, meiner neuen Ikone werde ich später mehr Zeit widmen. Zumal ich sie nach ihrem Frisör fragen muss, bevor sie abhaut, um Teenboy-Dad zu retten.)

.... Der Ernst der Lage hat mittlerweile sogar Fabi erfasst. Er schreit und kreischt wie ein aufgebrachtes Hähnchen und ist der festen Überzeugung, dass sein Dad gerade vom Weißen Hai verspeist wird.

. . . . Der Heli startet. Tim und Fabi umklammern Mia, wie in einem Kriegsgemälde. Maddie ist glücklicherweise immer noch da und versucht Mia, die Jungs und uns zu beruhigen. Sie erzählt, dass eigentlich immer alles gut geht und sie schon viel schlimmere Situationen hatten.

. . . . Der Heli ist mittlerweile draußen auf dem Wasser. Er schaukelt wie wild hin und her. Die Windböen peitschen das Wasser auf. Leichter Regen hat eingesetzt. Der Horizont ist schwarz-grau mit riesigen gruseligen Wolkenbergen. Alle sind nervös. Mittlerweile ist sogar Maddie von der Nervosität angesteckt. Sie versucht es sich nicht anmerken zu lassen, aber sie ist gerade dabei, den vierten Cookie mit ihren Fingern zu Sand zu mahlen.

. . . . Der Heli schaukelt und schaukelt und dreht langsam Richtung Strand ab. Die Rettung scheint abgeschlossen. Mum hält Mia im Arm, die mittlerweile Tränen in den Augen hat. Tim auch. Also, er hat nur Sand in den Augen … keine Tränen. Natürlich.

Wie hypnotisiert starren alle auf den Heli, der mit den Wolkenbergen im Hintergrund ankommt wie der Vorbote der Apokalypse.

. . . . Auf einmal platzt ein gut gelauntes und völlig unangemessenes Etwas in die angespannte Stille und versperrt den Blick auf den Heli: »Fish'n'Chips für alle! Wer hat Hunger?? Hab die geilsten Fotos ever gemacht! Habt ihr bemerkt, dass der Heli los ist? Irgendein Anfänger ist wohl in Seenot.«

Vor uns steht Teenboy-Dad. Im Neoprenanzug, breites Grinsen im Gesicht, Kamera um den Hals und schätzungsweise fünf Kilo Fish'n'Chips in Zeitungspapier im Arm.

Also entweder Teenboy-Dad wurde tatsächlich von einem Hai verspeist und wir haben es mit seinem Geist zu tun, der seinen eigenen Tod irgendwie verdrängt hat – oder wir haben uns gerade eine Ewigkeit umsonst Sorgen um einen uns völlig fremden Surfer gemacht.

»Alles in Ordnung? Ihr guckt so angespannt?!«

Es dauert drei Sekunden, bis die Information auch in die letzten von Sorgen vernebelten Gehirne dringt. Mia springt auf. Blitzschnell wechselt ihr Gesichtsausdruck von Wut, zu Erleichterung, zu Glück. Gefühlt eine Minute lang umarmt sie Teenboy-Dad.

»Hab ich mir doch gedacht, dass ihr euch über was zu essen freut! Hab auch Extra-Tartar-Soße.«

Er strahlt übers ganze Gesicht.

Es herrscht immer noch kollektives ungläubiges Starren und Schweigen.

»What the fuck, Dad! Wir dachten, du stirbst da draußen!«

Tim ist wutentbrannt aufgesprungen und hat seinen Dad fast zu Tode umarmt.

Selbst Dad ließ es sich nicht nehmen, Teenboy-Dad eine unbeholfene Männerumarmung zuteilwerden zu lassen.

Es war übrigens ein Schwede. Draußen auf dem Meer. Man munkelt, dass es sich um einen Instagrammer gehandelt hat.

Good News – Bad News

Jetzt sind alle wieder vollkommen safe auf dem Camping-platz und wir sitzen im Van – glücklich darüber, im Tro-ckenen zu sein, während draußen ein Jahrhundertsturm mit peitschendem Regen, Donnergrollen und zuckenden Blitzen übers Land zieht! Teenboy-Dad hat uns die Hälfte der fünf Kilo Fish'n'Chips mitgegeben, nachdem wir alle vor dem aufziehenden Sturm geflüchtet sind. Die Fish'n'Chips sind seeehr gut. Hat sich dann doch gelohnt.

Wenn es draußen so ungemütlich ist, ist es im Van im-mer doppelt gemütlich. Der Regen prasselt laut aufs Dach, der Wind heult um uns herum und trotzdem ist uns warm – so schön in unsere Decken eingekuschelt –, ich könnte mir keinen gemütlicheren Ort vorstellen.

Durch das ganze Meer-frisst-Teenboy-Dad-Drama habe ich eine entscheidende Sache vergessen zu erwähnen:

Heute wäre unsere letzte Surfeinheit gewesen! Da Teen-boy-Family morgen weiterreist, kann sie nicht nachgeholt werden! Zusammenfassend lässt sich also sagen, dass ich nicht ein einziges Mal auf dem Brett stand und absolut nicht surfen kann. Und ab heute muss ich auch nie wieder so tun, als würde ich es versuchen wollen! Nie wieder Begeis-terung vortäuschen! Nie wieder versuchen eine Welle zu er-wischen! Keine Motivationstalks mehr von Howie und Tim! Ab jetzt kann ich mich vollkommen schamlos dem Body-boarden hingeben, ohne das Gefühl zu haben, Howie in seiner Surfer-Ehre zu verletzen! Ich fühle mich unglaublich befreit. Yeees! Danke lieber Supersturm! Bestes Timing.

Einzig die Abreise von Teenboy-Family liegt wie ein schwarzer Schatten auf meinem feiernden Herzen. Morgen früh sind sie weg. Aber spätestens Weihnachten sehen wir sie wieder (wooopwooop), also überwiegt gerade noch die Freude über die Befreiung vom Surfzwang.

Und ja, natürlich hätte ich die letzten Tage mit Gustav und Fabi bodyboarden können. Insofern ist das Wort Surfzwang durchaus nicht ganz realitätsgetreu. Aber seien wir ehrlich:

Um stundenlang mit Tim zusammen im Meer zu chillen, wäre ich wahrscheinlich auch über Legosteine gelaufen.

Teenboy-Family weg

Nun hat die große Trauer den Campingplatz erfasst: Mit den ersten Sonnenstrahlen hat Teenboy-Family uns verlassen. Jetzt ist es warm, die Vögel zwitschern und das Meer rauscht – doch nichts übertönt die Leere in meinem Herzen.

Okay. Scherz. Halb-Scherz.

Als der Van davondüste, Tims und Fabis aus dem Fenster winkende Hände immer kleiner wurden und schließlich endgültig aus unserem Blick verschwanden, ist mein Herz fast zerbrochen. Jetzt heißt es wieder WARTEN.

Unser Plan für heute: nichts tun. Rumlungern. Rumliegen. Chillen. Baked Beans aus der Dose und Orangensaft zum Frühstück.

Besonders Dad wirkt, als hätte man ihm ein Korsett abgenommen, in das er immer rutscht, wenn Teenboy-Dad anwesend ist. Statt Instagram-Action und eingezogenem Bauch schläft er selig im Campingstuhl neben dem Van.

Umstyling

Gleich geht es los! Das durch Tims Abwesenheit entstandene Loch in meinem Herzen muss mit Aktivität gefüllt werden. Ich werde die Boy-freie Zeit nutzen, um mich haartechnisch weiterzuentwickeln.

Normalerweise schneidet Mum mit der Küchenschere meine Haare, indem sie sie über meinem Kopf zusammennimmt und dann mit einem geraden Schnitt – schnipp, schnapp – die Spitzen wegschneidet. Dann hat man automatisch ein bisschen Stufen drin und vor allem dreißig Euro gespart. Hat bis jetzt immer ganz prima geklappt.

Aber ich bin 14. Die Zeit der Küchenscheren-Amateur-Haarschnitte ist over. Das heißt, wenn ich Mum zutrauen würde, meine Haarvision kompetent Realität werden zu lassen, hätte ich nichts dagegen, aber so weit reicht meine Zuversicht in ihre Fähigkeiten einfach nicht.

Also zu einem richtigen Frisör. Mit echten Scheren. Echten Hairstyling-Fähigkeiten. Und echten Frisörpreisen. Babyjesus und Buddha sei Dank sponsern Mum und Dad meine Verwandlung.

Also auf, auf in ein neues Zeitalter! Bester Tag ever!

Post-Umstyling

Heute ist der schlimmste Tag meines Lebens. Selbst eine Umstyling-Folge von Germany's Next Topmodel hätte ihn an Dramatik und Tränenfluss kaum überbieten können. Dabei ging das Ganze eigentlich äußerst vielversprechend los.

Jeremy, der ortsansässige Hairstylist, sollte meine atemberaubende Verwandlung Wirklichkeit werden lassen. Er hatte mit genau der richtigen Mischung aus »yeah, yeah« und eifrigem Kopfnicken auf die von mir mitgebrachten Fotos von Surfergirl Maddies Haaren reagiert und mir damit Folgendes zu verstehen gegeben:

»Darling, heute werde ich dich von einem süßen 14-jährigen Mauerblümchen in eine aufregende Style-Göttin verwandeln, der Aufmerksamkeit und Neid nur so zufliegen werden.«

Zumindest war das meine Interpretation. Ob mein Gehirn nun die Signale falsch gedeutet hatte oder ob es einfach nur an der Umsetzung dieser kühnen Vision gehapert hat – wir werden es nie erfahren.

Meiner ursprünglichen Interpretation entsprechend ließ ich mich voller Vorfreude in den tiefen Frisörsessel sinken und lauschte mit ständig wachsender Aufregung Jeremys Schere, die wie wild um meinen Kopf wirbelte. Nach einer gefühlten Ewigkeit war schließlich der Moment gekommen:

»Voilà! Open your eyes, Darling!«

Großer Fehler. Ich wollte sie direkt wieder zuschlagen. Für immer. Augen zutackern und gleichzeitig im Boden versinken. Jeremy schien vollkommen euphorisch und hüpfte wie ein kleines Kind von einem Bein aufs andere.

Der Blick in den Spiegel offenbarte allerdings keine coole Maddie.

Nicht einmal eine minimal weniger coole kleine Schwester von Maddie.

Nicht einmal eine entfernte Cousine fünften Grades. Statt eines coolen, verwegenen Surfergirls starrte mich eine Mischung aus Angela Merkel und Donald Trump an. Ich wollte sterben.

»Soooooo, do you love it?«

Allein die Formulierung dieser Frage. Ob ich es liebe?

»I hate it! I hate you! I look like Merkel! What did you do?« Wollte ich sagen. Aus meinem Mund hörte sich das dann so an: »I love it sooooo much. Thaaank you!! You are the best.«

Mit eiserner Selbstdisziplin befahl ich meinen tapferen Tränendrüsen weiter Zurückhaltung. Wie gerne ich Jeremy seine dämliche Haarschere in den Hals gerammt hätte. Oder zumindest in den Hintern.

Mit zitternden Knien erhob ich mich vom Frisörstuhl und schritt wie benommen in Richtung Kasse. Mit jedem Dollar von Mums und Dads hart verdientem Geld, den ich Jeremy widerwillig in die Hand drückte, schmerzte mein Herz ein bisschen mehr.

Ich habe mich noch nie so schlecht gefühlt, fremdes Geld auszugeben.

Obendrein stand ich nun vor einem riesigen Problem: Ich musste es irgendwie schaffen, den Salon zu verlassen und zum Buchladen zu gelangen, wo Mum auf mich wartete. Die Vorstellung als weithin sichtbarer Merkel-Trump-Hybrid die Straße entlangzulaufen, versetzte mich in Panik.

Blitzschnell ging ich die Optionen im Kopf durch:

- Tüte überm Kopf? Ginge nur bei Regen. Leider kein Tröpfchen in Sicht.

- Den Hinterausgang nutzen und so lange in einer Hinterhofmülltonne verharren, bis die Frisur wieder rausgewachsen war oder mich ein Possum anfiel und auffraß?

- Jeremy die Wahrheit gestehen und um einen neuen Haarschnitt bitten? Unmöglich. Ich könnte niemals seine Gefühle verletzen.

- In Lichtgeschwindigkeit in den Laden nebenan rasen und dort eine Mütze klauen? Auf keinen Fall. Eine Flucht vor der Polizei mit diesem Haarschnitt würde mich nur auf die Titelseite der Lokalzeitung katapultieren.

Es blieb: Die absolute Blamage. Der Gang der Schande. Walk of Hair Shame.

»Bye, Maja dear!« Jeremy strahlte mich zum Abschied an

wie eine stolze Mutter, die beglückt und benebelt ihr hässliches, zerknautschtes Baby für die Kylie Jenner aller Babys hält.

Der erste Schritt an der freien Luft. Noch einer. Und noch einer. Schnellen Schrittes und mit eingezogenem Kopf lief ich, jeglichen Augenkontakt vermeidend, bis zum Buchladen.

Als ich Mum sah, mit ihrem lieben Blick in den Augen, verlor ich die Selbstbeherrschung und fiel ihr schluchzend wie ein geschundener Straßenköter in die Arme.

Sie zog mich in die Abgeschiedenheit der Fifty-Shades-of-Grey-Ecke.

»Maja, Süße! Was ist denn los?«

Für einen Moment musste ich aufhören zu schluchzen. Ihr Ernst? Sie hat beide Augen im Kopf und fragt mich, was los ist? Hatte sie plötzlich jegliche Sehkraft verloren? Spontane Erblindung?

»Meine Haare! Mamaaa!«

»Deine Haare sehen doch super aus! Sie sind richtig fetzig geworden! Mega pfiffig!«

Fetzig? Pfiffig? Für einen Moment war ich kurz davor zu eskalieren.

»Du siehst richtig schön frech aus so.« Frech?!

Ich will weder frech noch fetzig noch pfiffig aussehen!! Dass sie immer noch davon überzeugt ist, dass das angebrachte und erstrebenswerte Adjektive für eine 14-jährige junge Frau seien. Statt hinreichend in meinen Jeremy-Hate einzustimmen und mein Selbstmitleid zu befeuern, ertappte ich sie bei einem leichten Schmunzeln. Schmunzeln.

Das Desaster auf meinem Kopf ist nicht zum Schmunzeln! Mit dem letzten bisschen Stolz, das ich zusammenkratzen konnte, bin ich dann aus dem Laden gestürmt und zurück zum Campingplatz gerannt.

Der Einzige, der den Ernst der Lage zu verstehen scheint, ist Dad. Sobald er mich sah, war sein Blick voller Mitleid und mit einem »Oh, Maja, du Arme« schloss er mich in seine großen Arme. Als Fotograf und Instagrammer, also ein mit den Oberflächlichkeiten des Lebens beschäftigter Mann, konnte er meinen Schmerz verstehen.

Nun plane ich meine Rache. Ich denke, entweder stecke ich Jeremys Laden in Brand oder ich gebe ihm eine anonyme 1-Sterne-Bewertung bei Google.

Mitternachtspanik

Sitze im Bad. Im öffentlichen Campingplatz-Waschraum, um genau zu sein. Auf dem Waschtisch. Ich habe im Angesicht der akuten Panik, die das Haardesaster in meinem Kopf ausgelöst hat, eine elementare Sache leicht verdrängt. So kann ich auf keinen Fall Tim entgegentreten!

Zuerst hatte ich noch einen minimalen Funken an Hoffnung, dass sich das Ganze bis Weihnachten verwachsen würde. Aber nein. Voraussichtlich werden meine Haare sich bis dahin nicht regenerieren. Auch gibt es keine Wunderhaarwuchsmittel, wie ich noch gehofft hatte. Habe meine komplette Internetzeit damit verbracht danach zu recherchieren, aber selbst bei den krassesten Haarwuchswundermitteln wird von Monaten (!) gesprochen! Ich habe aber nur ein paar Wochen!

Was, wenn er erkennt, dass ich Maddie imitieren wollte und es schiefging und er mich für die lächerlichste, armseligste Nachmacherin der Welt hält?

Oder er denkt, dass ich mir diesen Look freiwillig ausgesucht habe? Dass ich einfach absolut keinen Geschmack habe?

Wie soll ich ihm in die Augen gucken? Wird er es bereuen, mich auch nur auf die Stirn geküsst zu haben?

Ich bin der Anti-Frosch-König. Man küsst mich und ich verwandle mich in einen Frosch. Oder vielleicht hat er mich vorher schon für einen Frosch gehalten. Und jetzt für die umgekehrte Evolutionsstufe eines Frosches. Ich bin ein Retro-Frosch.

Vielleicht sollte ich mir die Haare direkt abrasieren. Und behaupten, ich hätte sie gespendet. Für Kinder die keine Haare mehr haben. Machen doch voll viele Stars so. Wenn sie ihre Oscar-Performance liefern. So mit abgeschorenen Haaren. Aber das wäre voll die fette, dreiste Lüge. So fett und so dreist, dass ich Karma-mäßig direkt, ohne über Los zu gehen, in den Knast wandern würde. Shit.

Best Mum

Mum ist so süß. Bin heute Morgen aufgewacht und beim Blick in den Spiegel hat mich das ganze Desaster des gestrigen Tages wieder wie ein Lkw in voller Fahrt erwischt. Gleich noch vor dem Frühstück ein paar Tränchen verdrückt.

Statt mit Mum fresh stuff fürs Frühstück zu holen, habe ich mich dann noch eine Stunde im Bett versteckt.

Irgendwann wurde vorsichtig meine Bettdecke weggezogen. Mum.

Sie hat mir eine kleine Tüte in die Hand gedrückt.

In der Tüte war eine Mütze. Eine wunderschöne, ultracoole Mütze! Die mir sehr gut steht. Ich war voll gerührt. Musste dann gleich noch ein bisschen weinen. Was habe ich für eine liebe Familie.

Ich werde diese Mütze nie wieder absetzen. Never! Denn, auch wenn ich von dem verständnisvollen und todeslieben Verhalten aller meiner Familienmenschen herzlichst gerührt bin: Ich sehe, ohne Mütze, leider immer noch aus wie Lil' Trump. Kein guter Look. Immerhin kann ich mich jetzt wieder auf die Straße trauen.

Aussie-Weihnachts-Alarm

Mum kam gerade freudestrahlend in den Van gehüpft:

»Super Neuigkeiten! Bitte mal raten.«

Was soll man da schon wild drauflosraten? Lottogewinn? Hatte sie in einem Nebenstraßen-Hinterhof-Hippie-Shop ein Wunderhaarwachselixir gefunden und kann mich nun von meinen Qualen erlösen?

»Richard, Judy, Ash und Tay kommen zu Weihnachten nach Neuseeland! Zu Opa!« Meine Kinnlade ist mir fast auf die Füße gekippt. Weihnachten in Neuseeland. Mit Tay. Und Tim. Mit den beiden Jungs, die ich in den letzten Wochen geküsst hatte. Okay. Ignorieren wir die Tatsache, dass es ein einseitiger Stirnkuss von Tim gewesen war und kein romantisches Rumgeknutsche. Egal. Meine super secret Boycrushes. Zusammen an Weihnachten. Mit einer unberechenbaren Oma an Board. Großartig.

Mum, natürlich unwissend bezüglich der gesamten verknoteten Romantik in meinem Leben, war von meiner Schockstarre-Reaktion nicht überzeugt.

»Freu dich! Maja! Das. Wird. Super. Judy meinte, Tay hätte direkt vorgeschlagen, dass ihr zusammen backen und kochen könnt.« Wie ein kleines aufgeregtes Känguru auf Speed hüpfte sie auf den Van-Sitzbänken auf und ab.

Backen mit Tay. Blondies backen mit dem cutesten Tay ever. Ein Traum. Eigentlich. Denn bis eben hatte mein Plan für Weihnachten noch darin bestanden, Tim davon zu überzeugen, dass es a) absolut die allerbeste und sinnvollste Entscheidung seines Lebens gewesen war, mich zu küssen und er deswegen b) mit Alma Schluss machen soll und c) mit mir zusammen kommen soll, damit wir dann bis ans Ende unserer Tage gemeinsam auf 'nem Motorroller um die Welt düsen können.

Aber wenn Tay auch kommt, sieht die Sache schon wieder ganz anders aus! Warum nur so viel Gutes auf einmal?

Muss ich mich jetzt entscheiden? Zwischen den beiden? Was, wenn ich all meine Energie in Tim stecke und er doch mit Alma zusammenbleiben will?

Oder was, wenn Tim wegen mir mit Alma Schluss gemacht hat, ich mich aber für Tay entscheide?

Wie verhalte ich mich im Falle eines dramatischen Liebes-Duells zwischen den beiden? Darf man im 21. Jahrhundert noch beeindruckt sein, wenn sich Jungs um einen prügeln? Wer würde gewinnen? Ich fühle mich jetzt schon wie Maid Marian bei Robin Hood. Bei Disney Robin Hood. Also mit den Füchsen, Bären und Schildkröten.

Muss ich mir in realistischer Betrachtung meiner aktuellen Haarsituation überhaupt solche Gedanken machen? Vielleicht will mich keiner von beiden? Vielleicht werden mich beide in die Hässliche-Haare-Friend-Zone packen? Vielleicht werden sie stattdessen zusammen Fotos von cuten Girls auf ihren Smartphones angucken. Und froh sein, dass sie nicht mit mir zusammen sind. Mit Merkelinio.

Fast der Last Day in Australien

Waaah, morgen geht es back to Sydney, ab in den Flieger und auf nach Neuseeland!

Habe gar keine Lust, das entspannte Küstenleben gegen die Menschenmengen und den Speed von Sydney einzutauschen. Fühle mich wie ein waschechtes Beachbabe.

Jetzt noch ein letztes Mal Strand genießen und ein letztes Mal im Van pennen. Morgen müssen wir ihn weggeben. Zurück an die Verleiher. Bin schon ganz traurig. So eng und nervig und sardinendosenmäßig es auch war … trotzdem ist er mir sehr ans Herz gewachsen, unser lieber Hausvan.

Habe den ganzen Morgen damit zugebracht, mir den Kopf bezüglich der Tim-und-Tay-und-ich-an-einem-Ort-für-Weihnachten-Situation zu zerbrechen.

Dazu sind mir verschiedene Gedanken gekommen, die halte ich hier fest. Denn angeblich hilft es sehr, wenn man sich Gedanken aufschreibt. Dann sind sie auf Papier und man muss sich nicht weiter verrückt machen. Oder so ähnlich. Selbst wenn das nichts bringt – Listen schreiben ist ja immer nice.

Gedanken zur potenziellen Boy-Krise:

1. Ich kann nichts vorplanen oder organisieren. Muss spontan und innovativ auf die sich vor Ort tatsächlich entfaltende Situation reagieren.

2. Pluspunkt: Bruces Enkelin Emily - potenziell gute Verbündete und offenes Ohr.

3. Insgesamt Augen und Ohren offen halten, um Situationen, Beziehungen und Stimmungen perfekt zu erfassen und entsprechend zu reagieren.

4. Ich bin ein krisenerprobtes Bond-Girl.

5. Sollte sich Hairsituation nicht bis Ankunft bei Opa verbessern: Mützenpflicht.

Jetzt gleich letztes Mal Familien-Abendessen auf unseren Campingstühlen vor dem Van mit Strandblick.

Ich werde Australien vermissen.

Echter Last Day in Australien

Sind am Packen. Das komplette Hostelzimmer ist mit Zeug bedeckt. Der Boden, die Betten, die Mininachtschränke. Es sieht aus, als hätte ein Orkan gewütet. Oder als wäre das BKA zur Wohnungsdurchsuchung hier gewesen. Dad beschwert sich, dass die letzten Wochen im Van dazu geführt haben, dass das Gepäck sich verfünffacht hat. Ich halte das für arg übertrieben.

Und selbst wenn: Wenn man seinen Kindern einen Digital Detox der härtesten Sorte AUFZWINGT (!), dann soll man sich nicht beschweren, wenn die dann Bücher und Zeitschriften ohne Ende kaufen, um sich zu beschäftigen.

Und halten wir uns mal die Situation vor Augen: Wie können sich Eltern darüber beschweren, dass ihre Tochter zu viele ENGLISCHE BÜCHER hat!? Immerhin lese ich. AUF ENGLISCH.

Dreimal können die raten, wer nächstes Schuljahr die Einsen in Englisch nach Hause bringen wird. Jeder Bildungsexperte und jede Supernanny würden mich in höchsten Tönen dafür loben, dass ich im Zeitalter von Social Media und Netflix Bücher lese, beziehungsweise verschlinge. Normalerweise ist das was Gutes!!

Soll Dad doch seine dreitausend Objektive und den ganzen Krempel von *Traveltravel.de* entsorgen. Damit feuert er doch nur unsere konsumsüchtige Gesellschaft an. Diese Familie muss höchstens ihre Prioritäten überdenken.

Bildung first!! Michelle Obama würde mich hart unterstützen.

Als ob ich mich von meinen Büchern trenne. Pah. Alleine die dummen Uluru-Foto-Fail-Schuhe von Traveltravel, die Dad EH NICHT PASSEN, wiegen fast so viel wie ein Fünftel meiner Bücher.

Werde auf jeden Fall alles einpacken. Sehen dann ja am Flughafen, ob es zu viel ist.

Wie hart mich diese väterliche Unvernunft aufregt.

Am Flughafen

Wir sind alle dick eingepackt und sehen aus wie eine Kreuzung aus Mumie und Schneemann. Teletubby-Style.

Mehrere T-Shirts. Mehrere Pullover. Dreifach Socken. Mützen. Sonnenbrillen. Die fettesten Wanderschuhe. Schals. Alles übereinander.

Die Frau am Schalter beim Check-in guckte sehr amüsiert.

Die gute Nachricht: Es hat sich ausgezahlt! Wir sind gerade so am Gepäcklimit. Wobei Mum Dad das Versprechen abgerungen hat, dass er in Neuseeland die unbequemen Traveltravel Schuhe endlich verkaufen wird. Sowie die kiloschwere Taschenlampe, die sie ihm geschickt hatten. Und das dritte Stativ.

Dad war erstaunlich cool damit. Ich bin mir sicher, dass bei Opa schon ein neues Paket für ihn wartet.

Die schlechte Nachricht: Unter den tausend Lagen an Klamotten fühle ich mich wie in der Sauna. Wie im Winter, wenn man sich für minus zwanzig Grad einkleidet, weil man sonst direkt erfriert, und dann in die volle U-Bahn steigt, wo man vor Schweiß und Hitze fast zu blubbern anfängt.

Zumal es hier echt heiß ist. Gustav ist schon ganz rot im Gesicht. Ein kleiner Glühwurm. Aber er ist sehr tapfer. Er weiß, dass er Opfer bringen muss, wenn er seine Strandmuschel/Holz- und Steinkollektion mit nach Neuseeland nehmen möchte.

Yippie, yippie, yeah, Neuseeland!

Angekommen!! Sind jetzt in Wellington. Also am südlichsten Zipfel der Nordinsel. Noch genauer gesagt sind wir inzwischen auf der Fähre Richtung Südinsel. Wir fahren nach Picton, dort holen Opa und Bruce uns ab und nehmen uns mit nach Hause!

Sitzen auf Deck, eine frische Meeresbrise in der Nase, strahlende Sonne und beeindruckende Fjordlandschaft.

Mum und Gustav bekommt die Seefahrt jedoch nicht so gut. Beide hängen mit bleichen Gesichtern über der Reling und leiden sichtlich unter Seekrankheit. Die Armen!

Happy Fat Pig

Das Wiedersehen am Hafen war emotional. Sehr emotional. Long-lost-relative-kehrt-heim-emotional. Intensives Hugging. Viele Tränen. Lachen. Tränenwegwischen. Wie bei »Tatsächlich ... Liebe«. Seit Opa nach Neuseeland emigriert ist, haben wir ihn kaum gesehen. Worunter besonders Dad leidet. Weil Opa ja sein Papa ist. Dad würde das nie so offen zugeben. Aber die Tränen der Freude bei der ersten Begegnung sprechen ihre ganz eigene Sprache. Mum war so gerührt, dass Dad so gerührt war, dass sie ebenfalls angefangen hat zu weinen und Opa hatte auch ganz wässrige Augen. Dann hat noch Bruce angefangen und am Schluss haben alle geheult. Außer mir und Gustav.

Danach sind wir im wunderschönen, mintgrünen Retro-VW-Bus die kleinen, kurvigen Straßen durch die saftigen Hügelchen der Südinsel Richtung Motueka gefahren. Bruce und Opa wohnen in der Nähe. Lauter Obst- und Weinanbau. Hügel. Todesidyllisch.

Als mein Magen gerade begann, vom vielen Kurvenfahren leicht flau zu werden, bogen wir endlich von der Hauptstraße ab auf einen kleinen Schotterweg. Ein schweineförmiges Schild weist aufs HAPPY FAT PIG Bed and Breakfast hin.

Wir sind da!

Paradise

Was Opa nur für ein schlechter Fotograf ist! Jahrelang bekommen wir Fotos vom BnB und sind nie auch nur annähernd beeindruckt.

Das Haus, die kleinen Gast-Häuschen, der Garten, der Blick aufs Meer. Nichts hat mich auf diese Schönheit und Idylle vorbereitet. Wenn Opa realitätsgetreue Fotos verschickt hätte – die ganze Familie wäre direkt hergezogen … Okay, das könnte auch schon die Erklärung sein, warum er sich da keine Mühe gegeben hat. Das alte Schlitzohr wollte scheinbar das Paradies für Bruce und sich alleine haben.

Aber jetzt ist die fette Katze namens Paradise on Earth aus dem Sack. Wir werden soo hart Berlin hinter uns lassen und hier für immer glücklich über den weichen, perfekten, saftig-grünen Rasen laufen. Die köstlichen tiefroten Kirschen direkt von den Bäumen essen. Abends mit Blick auf die Bucht dinieren. Bei Kerzenschein.

OMG. Wir müssen einfach hierherziehen. So offensichtlich. Ich berufe gleich mal eine Familienkonferenz dazu ein.

Dobby

»RAAAAAATTTEEEEEEEE! IHHHHHHHHHHHH!!
RAAAAAAAATTEEEEEEE! SIE ATTACKIERT MICH.
HILFEEEEE!«

Mum schrie wie am Spieß. Alle sprinteten wie von einem
Rudel Hornissen gestochen aus dem Häuschen und wollten
Mum im Kampf beistehen.

Das Tier umrundete Mum und sprang wie vom Teufel
besessen auf und ab. Ich hatte noch nie so eine große Ratte
gesehen. Erst recht keine so große und dürre Ratte. Mit
langen, knöcherigen Beinen. Ohne Fell. Mit spitzen Ohren. Während Mum weiter die vier Apokalyptischen Rei-
ter herbeischrie, kam ich zu einer Erkenntnis. Es handelte
sich nicht um eine Ratte! Allerhöchstens eine neue Mutan-
tenart aus dem Labor. Aber das war unwahrscheinlich. Viel
wahrscheinlicher war, und mit jedem Blick bestätigte sich
meine These, dass es sich NICHT um eine Ratte, sondern
um einen extrem hässlichen kleinen Nackthund handelte.

Opa stürzte aus dem Haus: »Dooobbbyyy! Dobby, beru-
hig dich, Darling!«

Der kleine Rattenhund heißt also Dobby. Irgendwie pas-
send.

Dobby ist nicht nur auf den ersten Blick hässlich. Mit jedem weiteren Blick fallen mehr kleine hässliche Besonder-
heiten an ihr auf. Laut Opa haben schon mehrere Freunde
vorgeschlagen, Dobby als hässlichsten Hund der Welt zu

vermarkten. Aber Opa und Bruce würden sie nie so bloß-stellen und ihre Gefühle verletzen.

Sie lieben Dobby, jeden schiefen Zahn, jedes nackte bisschen Haut, jedes krumme Beinchen, die schielenden Augen, das angefressene Ohr.

Dobby ist ein Findelkind. Eines schönen Tages waren Bruce und Opa durch die wunderschöne, unberührte neuseeländische Natur spaziert, als sie eine kleine sich aufbäumende Plastiktüte fanden, die empört vor sich hin kläffte. Als sie die Tüte dann todesmutig öffneten, blickte ihnen eine kleine, magere Kreatur herausfordernd entgegen. Es war Liebe auf den ersten Blick.

Bin sehr froh, dass Dobby hier ihr eigenes Doggy-Paradies gefunden hat. Mit zwei Superpapas und einer Beste-Freunde-Gang. Genauer gesagt: Beste-Piggy-Gang.

Denn … Trommelwirbel … große Überraschung: Das Happy Fat PIG Bed and Breakfast hat seinen Namen von einem Happy Fat Pig. Mittlerweile von mehreren Happy Fat Pigs.

Das Original HFP (und gleichzeitig Dobbys beste Freundin) heißt Agatha und ist ein schwarz-weiß-gescheckstes Hängebauchschwein. Agatha kam als Anhängsel mit dem Haus und wurde dann direkt Namensgeberin. Entsprechend selbstbewusst und durchsetzungsstark ist sie.

Nach und nach sind noch Alfie, Freddie und Porki dazugekommen. Aber Agatha ist klar die Alpha-Sau und Anführerin. Als stolze Schweine-Mutti stolziert sie mit ihren Boys im Schlepptau über ihre Wiese und schlägt sich den Bauch voller Äpfel, Kartoffeln und Co.

Und, glücklicherweise, würden Bruce und Opa als leidenschaftliche Vegetarier nie auf die Idee kommen, einen oder eine von ihnen als Bacon zu opfern.

Apropos Besties: Morgen kommt endlich meine zukünftige Lieblingscousine Emily an!

EMILY

Emily ist da. Meine Vorfreude ist so schnell verpufft wie ein Rice-Crispy in einer Schüssel Mandelmilch. Ihre Ankunft hat mich in ein tiefes Loch der Selbstzweifel gestürzt. Sie ist ein Supermodel. Sie ist groß, sportlich, hat lange rote Haare, braune Augen und wunderschöne Sommersprossen. Habe kurz Hallo gesagt und bin dann ohne ein weiteres Wort in mein Zimmer.

Sie sieht aus wie frisch aus der Victorias Secret Show. Ich bin immer noch das Abbild eines großen Trump-Babys mit meinen Haaren.

Wie soll ich mit ihr über Boys reden? Als ob die nicht bei ihr Schlange stünden. Als ob sich nicht sowohl Tay als auch Tim direkt Hals über Kopf in sie verlieben werden.

Und dann hat sie mich auch noch so ultranett begrüßt und mich direkt in den Arm genommen. Hallo? Woher das ganze Selbstbewusstsein? Warum ist sie so megacharmant? Was soll der Scheiß? Leute, die so cool sind, sollen wenigstens arrogant sein. So als kleiner Ausgleich. Nimmt ihnen dann ja eh keiner übel. Weil sowieso alle von ihrem weißen Perlenkettenlächeln geblendet sind.

Hab jetzt schon keinen Bock mehr auf sie. Voll die Enttäuschung. Werde mich einfach bis zum Abendessen hier verkriechen. Muss nachher unbedingt Tilda schreiben. Die versteht mich. Meine Beste-BFF.

Wie sehr mich Emily nervt. Allein die Vorstellung, dass

ich auf allen Weihnachtsfotos neben ihr aussehen werde wie das kleine hässliche Entchen. Wie Dobby. Ich muss mich mit Dobby verbünden. Nur sie wird mich verstehen.

Emily 2

Ich wünschte, ich hätte den letzten Eintrag mit Bleistift geschrieben. Und könnte ihn direkt ausradieren. Dummer, wasserfester Kuli.

Ich werde diesen Eintrag als Mahnmal ansehen. Ein fettes Mahnmal, nicht so vorschnell Leute zu verurteilen. Ich schäme mich, Emily so übereilt gehatet zu haben.

Wie gesagt: Das liegt in der fernen Vergangenheit dieses Nachmittages. Meine Meinung hat sich, sagen wir ganz unspektakulär, um 180 Grad gedreht.

Emily ist nämlich wirklich richtig nett! Und sie schielt leicht, was – wenn es einem auffällt – so cute aussieht, dass man sie die ganze Zeit ein bisschen verliebt anstarren muss. Ist mir beim Abendessen aufgefallen.

Eigentlich wollte ich mich ganz weit weg von Emily ans andere Ende des Tisches setzen. Aber Bruce hat mich direkt an den Schultern gepackt und neben ihr platziert. Habe mich unglaublich wütend und von Bruce bevormundet gefühlt.

Erst war ich in voller Abwehrhaltung. Ich wollte cool und einsilbig auf Emilys Fragen antworten. Aber das ist soo schwer, wenn die andere Person, in diesem Fall Emily, so aufrichtig interessiert und nett ist.

Und nach und nach habe ich mich entspannt. Und dann ist die Anti-Emily-Mauer, die ich sorgsam um mein Herz errichtet hatte, schneller geschmolzen als der sibirische

Permafrost. Sie hat mir sogar ein Kompliment für meine Mütze gemacht! Morgen helfen Emily und ich auch noch gemeinsam beim Kochen.

Ich habe mich echt wie der letzte Arsch der Welt gefühlt, weil ich Emily so krass gehatet habe. Vor allem als sie erzählt hat, dass sie in der Schule bis vor zwei Jahren für ihre roten Haare, die Sommersprossen und ihre schielenden Augen gehänselt wurde. Die Arme!! In Neuseeland geht das Gerücht um, dass Gingers (also Rothaarige) keine Seele hätten. Wie gemein. Und Emily war kurz so traurig, als sie das erzählt hat. Da hab ich mich natürlich gleich noch viel schlimmer gefühlt.

Wie Tilda immer so schön sagt: Hating is helping nobody. Inhaltlich voll on point. Wird jetzt wirklich mein neues Lebensmotto.

Mann, so tiefgründige Gedanken kurz vorm Schlafen. Morgen kann ich Emily endlich von meinen Boy-Troubles erzählen. OMG. Kann es kaum erwarten. Ich liebe Emily.

Girls Day

Keine Zeit zum Schreiben! Den ganzen Tag unterwegs mit Emily. Es ist so perfekt. Shoppen und Boys-Talk! Und übermorgen kommen besagte Boys dann auch. Haben ganz viele Girls- und Frauenzeitschriften geholt und werden uns nun die beste Strategie überlegen. Emily ist die allercoolste angeheiratete Cousine ever.

Jetzt los, Abendessenkochen mit Emily, Opa und Bruce.

#Cookinggirls #Girlpower #Besties #Girlsrock

Boy-Strategie

Lagen heute den ganzen Nachmittag mit Dobby auf der Couch und haben Zeitschriften nach Tipps und Tricks durchkämmt. Es ist ein sehr uneinheitliches Bild. Grundsätzlich soll man voll cool sein. Natürlich. Schwer zu haben. Nahbar. Unnahbar. Lipgloss zum Betonen der Lippen. Kein Lipgloss, weil es beim Küssen stört. Boy-mäßig verhalten. Mädchenhaft sein. Mit den Haaren spielen. Kumpelhaft sein. Aber nicht in die Friendzone abtauchen. Eifersüchtig machen. Aber keine Spielchen spielen. Mit Intelligenz punkten. Aber nicht zu viel Intelligenz.

Wir kapieren die Welt nicht mehr. Langsam merke ich wie gut der Digital Detox ist. Ich hatte voll vergessen, wie viel Mist da draußen so auf allen Medienkanälen verbreitet wird.

Wie soll ich all das gleichzeitig sein? Es ist paradox. Das geht einfach nicht. Vor allem wenn man noch Interessen hat neben BOYS. Zum Beispiel Lesen, Reisen, Kochen, Umwelt, Politik. Wie zum Teufel machen die Frauen aus den Frauenzeitschriften das? Also alles unter einen Hut bekommen? Verhaltenstechnisch? Da entwickelt man ja zwangsweise eine gespaltene Persönlichkeit. Dann ist es dahin mit der Natürlichkeit und Echtheit und man kann es sich direkt abschminken je einen Mann zu finden. Was für ein Bullshit. Dobby fand es auch scheiße. Sie hat direkt auf eine Zeitschrift gepinkelt. Dabei ist sie eigentlich stubenrein. Kluger

Hund. Auch wenn wir die Zeitschrift jetzt bezahlen müssen. Aber Statements kosten Geld.

Dobby wäre als Mensch wahrscheinlich Greenpeace-Aktivistin geworden. Sie würde sich an Bahnschienen ketten. Oder sich von Firmenzentralen abseilen.

Maaaann. Statt der großen Erleuchtung … nichts. Müssen also ohne Expertentipps in den Boy-Eroberungsfeldzug.

Emily sagt, es sei definitiv offensichtlich, dass sowohl Tay als auch Tim auf mich stehen. Und dass ich mehr auf Tim stehe. Und dass es ein Problem ist, dass er in einer Beziehung mit Alma ist. Wenn er noch in einer Beziehung mit Alma ist. Sein Verhalten in Byron war da ja eher nebulös.

Auch wenn das schwierig sein könnte, denken wir doch, dass es nicht ohne Hoffnung ist. Denn immerhin HAT ER mich geküsst. Wenn auch nur auf die Stirn. Ich weiß nicht, warum ich mich immer verpflichtet fühle das noch hinzuzufügen.

Emily will mich auf jeden Fall unterstützen. Sind voll auf gleicher Wellenlänge.

Folgender Masterplan:

Wobei, Masterplan ist auch unpassend. Eher so ne Mastergrundidee, die sofort über den Haufen geworfen wird, wenn sie nicht klappt. Weil wir uns auch eigentlich nicht sicher sind. Mein Masterplan wäre gewesen, dass ich Tim durch cooles und begehrenswertes Auftreten in der Überzeugung bestärke (vorausgesetzt, diese Überzeugung existiert überhaupt, aber wir gehen – aufgrund des Kusses – davon aus), dass ich das Girl für ihn bin. Seine große und dann ewig während Liebe. Indem ich außerdem völlig lässig und natürlich mit Tay flirten würde, würde dieser Prozess zusätzlich beschleunigt werden, weil Tim dann direkt sehen würde, dass es auch andere Boys gibt, die hart an mir interessiert sind.

Aber Emily meint, das wäre altmodisch und überflüssig. Und gemein gegenüber Tay. Aus feministischer Sicht, so Emilys Meinung, darf man auch Männer nicht objektifizieren … obejktivieren … also halt nicht wie ein Objekt behandeln. Und wenn ich Tay lediglich als Hilfsmittel zur Tim-Eroberung ausnutzen würde, wäre das voll unnice. Und würde ihn potenziell verletzen.

Das ist echt das Beste daran, eine etwas ältere Cousinen-BFF zu haben. So voll die erwachsenen und aufgeklärten Blickwinkel auf alles. Sonst hätte ich Tay vollkommen herabgewürdigt. Ernsthaft. Quasi wie ein weiblicher Mini-Macho.

Also cool, lässig und begehrenswert auftreten, minus Tay ausnutzen. Das ist der Masterplan.

Dann war ich mir aber überhaupt nicht mehr sicher, wenn wir schon Feministinnen sind, wie das auf der Feminismus-Skala so ankommt, wenn man einer anderen Frau (Alma) den Mann ausspannt.

Hat das was mit Feminismus zu tun? Keine Ahnung. Emily war sich auch nicht sicher. Sind dann erst mal zu dem Schluss gekommen, dass wir ja nicht aktiv auf hinterhältige unsolidarische Weise Alma etwas klauen (wenn sie denn überhaupt noch zusammen sind). Sondern eher Tim eine Alternative aufzeigen. Es bleibt seine Entscheidung. außerdem tun wir Alma quasi einen Gefallen. Wenn ihr

Boyfriend eh mich liebt (und küsst – auf die Stirn), ist sie besser ohne ihn dran. Wir wissen ja nichts über sie. Vielleicht will sie seit Monaten mit ihm Schluss machen, aber traut sich nicht, weil sie ihn nicht verletzen will, jetzt wo er so allein und einsam durch die Welt stromert.

Das fanden wir beide sehr überzeugend. Anderen Frauen helfen, sich von überflüssigem Männerballast zu befreien … das ist quasi die Zugspitze des Feminismus … also bestimmt. Werden wir dann mal recherchieren. Irgendwann.

Draußen hört es sich an, als wäre ein Panzer vorgefahren … oder eine Rocker-Motorradgang. Wahrscheinlich Oma.

Oma ist da

Es war Oma. Niemand sonst legt so geräuschvolle und spektakuläre Auftritte hin und genießt dermaßen die damit verbundene Aufmerksamkeit. Da nicht genug Leute zufällig in der Einfahrt waren und ihr den ihrer Meinung nach gebührenden Empfang bescherten, war sie gerade dabei mit ihrer fetten Harley Davidson Donuts in der Einfahrt zu fahren und den Motor aufheulen zu lassen, als ich angerannt kam. Bis endlich auch der letzte Schwerhörige (in diesem Fall scheinbar Dad) im Spalier zur Begrüßung bereitstand. Als das Empfangskomitee zu Omas Zufriedenheit war, ließ sie den Motor ein letztes Mal aufheulen und bremste mit so viel Schwung vor ihren Zuschauern, dass die Kiesel nur so in alle Richtungen sprangen und spritzten. Bruce jaulte leise auf. Die heute Morgen liebevoll von ihm geharkte Einfahrt sah aus, nun ja, als hätte eine Rampensau gewütet.

Wer Oma zum ersten Mal sieht, könnte denken, sie hätte sich extra in Schale geworfen. Rote hautenge Lederhose, schwarze Biker-Jacke, Biker-Schuhe mit Nieten und einen Kopf wilder, blonder Locken. Aber Oma kennt nur diesen einen Zustand: Style. Feuer. Heiß. Während deine Oma mit dem Motorrad im Hühnerstall umherfährt, fährt meine Oma über den Gucci-Laufsteg. Kein Scherz. Es ist schwer mit ihr mitzuhalten.

Natürlich sind wir alle Omas Auftritte gewohnt. Alle,

außer Emily. Während Oma reihum alle in die muskelbepackten Arme nahm und Küsse verteilte, sammelte auch Emily sich und schaffte es, den Mund wieder zu schließen. Dann wurde auch sie fest umärmelt und bekam den obligatorischen roten Lippenstiftabdruck auf die Wange.

Wie der Hofstaat von Marie Antoinette folgten wir Oma, die sich direkt bei Bruce untergehakt hatte, ins Haus.

Oma und Bruce lieben sich. Seit sie sich das erste Mal getroffen haben und merkten, dass sie neben einer großen Liebe zu Opa auch eine Leidenschaft für hitzige politische Diskussionen verbindet, sind sie ein Herz und eine Seele. Sehr zum Leidwesen Opas. Er beschwert sich ständig, dass ihre gemeinsame Lieblingsbeschäftigung darin besteht, sich über all seine kleinen Macken und Eigenarten lustig zu machen. Und die beiden sind gnadenlos. Da verdient Opa schon eine kleine runde Mitleid.

Emily und mir fiel die ehrenvolle Aufgabe zu, Omas lederne Motorradtaschen ins Haus zu tragen. Emily war vollkommen begeistert davon, mit wie wenig Oma unterwegs ist und wie sie es trotzdem schafft, so stilvoll gekleidet zu sein.

Aber ich kenne Oma. Und von Bruce weiß ich, dass sie zwei Riesenkoffer bei ihnen deponiert hat und alle paar Tage/Wochen mit der Harley vorfährt, die Auffahrt verwüstet und neue Outfits einpackt. Das verschweigt sie jedoch ganz elegant und suhlt sich in Bewunderung und Staunen.

Abendessen

Mittlerweile hat sich die Aufregung um Omas Ankunft gelegt. Nur Emily ist immer noch unglaublich begeistert. Sie hat Oma als ihre neue Heldin und Vorbildfrau auserkoren. Sie lässt sich also begeistert jegliche Lebensweisheiten von Oma mitgeben.

#Omaweisheiten #Daslebenmit60plus #MeineOmaisthotter alsdeine #HarleyOma

Obwohl ich alles bereits unzählige Male gehört habe und mittlerweile auswendig kann, lausche ich natürlich noch ein weiteres Mal. Wer weiß, vielleicht droppt Oma auch ein paar Weisheiten über Männer und die Liebe. Wobei man sich vielleicht überlegen sollte, ob man da so viel Wert auf den Rat einer Frau legt, die fast 35 Jahre lang mit ihrem besten Freund verheiratet war, um fett Erbe abzucashen.

Wobei … wenn ich mir Oma und Opa so angucke … vielleicht ist es genau das Rezept zum Glück. Einen Buddy zum Zusammenleben und Kindererziehen, mit dem man auch nach der Scheidung noch gut befreundet ist. Und dann das Leben genießen.

Oma meint fürs Männerangeln (Angeln, Erobern, Aufreißen … gibt es kein moderneres Wort? Vielleicht Kennenlernen?) gibt es kein Patentrezept. Einzelfallbetrachtung. Kommt auf den Mann an. Und die Situation.

Mist. Ich will gefälligst ein einfaches Pauschalrezept,

das immer funktioniert. Am besten in drei easy Schritten. Oma – lass mich bitte an deiner Weisheit teilhaben!

Ohohh, zum Schluss kommt doch noch eine ganz tiefe Weisheit. Jetzt wird es romantisch: Im Zweifel immer aufs Herz hören. Das weiß, was richtig ist. Aha. Also mein Herz hält meistens Kinder Bueno für richtig, weil es seine Bedürfnisse nicht von denen meines Magens unterscheiden kann. Großartig.

OmaBitchMove

Eine wichtige Sache in Bezug auf Oma ist, immer auf der Hut zu sein, nie zu lange allein mit ihr in einem Zimmer sein. Oma ist unglaublich cool und grundsätzlich hat sie ein Herz aus purem Gold (so sagt Dad das zumindest), aber wenn sie zu lange ihre Aufmerksamkeit auf einen fokussieren kann, findet sie alle kleinen Schwachstellen und stellt sehr fiese Fragen.

Denkbar aus Omas Mund (mit den besten Intentionen versteht sich) wären auch Sätze wie:

- Hey, Maja, stehst du eigentlich mehr auf Tay oder Tim? (Natürlich beim Abendessen - vor Tim und Tay)

oder

- Kind, wann gestehst du endlich Tim deine unendliche Liebe? (Natürlich vor Tim)

oder

- Maja, Schatz, wer küsst denn eigentlich besser von den beiden?

Sie würde das natürlich überhaupt nicht als vollkommen un-angebrachte Einmischung in mein Privatleben sehen. Sondern als kleinen notwendigen Schubser in die Richtung lebenslangen Glückes.

Deswegen kann man ihr das meistens auch gar nicht übelnehmen.

Aber man muss umso mehr aufpassen. Vor allem, weil sie fast hellseherische Fähigkeiten hat. Ihr reicht es wahrscheinlich, mich, Tim und Tay in einem Raum zu sehen, und sie kann anhand unserer Auren oder Energiefelder direkt die Situation perfekt einschätzen.

Das ist also eine absolut zu vermeidende Gefahrenquelle während der gesamten Weihnachtsfeierlichkeiten.

OMGOMG

Abend vor der Bescherung!! Nein. Scherz.

Abend bevor die Boys ankommen. Wie der Zufall es so will, kommen natürlich beide gleichzeitig an. Das heißt, doppelt Boys handlen. Ich hoffe, ich bekomme es hin.

Ich kann jetzt schon absehen, dass ich die halbe Nacht wachliegen und alle irgendwie möglichen und unmöglichen Szenarien in meinem Kopf durchspielen werde. Morgen wache ich völlig zerknittert und mit Augenringen auf. Am besten noch mit Stresspickel auf der Nase. Dann ist mein cooler Auftritt eh im Arsch.

Positiv ist allerdings, dass niemand, nicht mal Oma (Daumen drücken) bis jetzt meine Mütze beziehungsweise meine Haare kommentiert hat. Außer Emily. Beim ersten Abendessen. Als sie meinte, wie cute die Mütze sei.

Also werde ich die nächsten Tage weiterhin damit durchkommen, die zu tragen.

Habe Emily später beim Chillen von dem schrecklichen Jeremy-Haar-Desaster erzählt. Natürlich wollte sie dann unbedingt meine Haare sehen.

»Ich bin mir sicher, dass es nicht so schlimm ist, wie du denkst.«

Als ich die Mütze dann, sehr widerwillig, abgenommen hatte, war sie still. Ich hatte den Kampf zwischen Ehrlichkeit und Höflichkeit in ihren Augen sehen können.

Es kam zum Kompromiss: »Not too bad!«

Ja, danke. Gott sei Dank ist sie Neuseeländerin. Ich glaube, sie kennt Merkel nicht. Vielleicht ist ihr also das ganze Ausmaß des Schreckens, als Young-Angie durch die Welt zu laufen, nicht bewusst.

Oh Mann, bald sind die Boys da! Hatte keinen Kontakt zu keinem von beiden mehr. Außer einen Link zum Unterschreiben einer Online-Petition, den mir Tim geschickt hat. Da ging es um die Freilassung von inhaftierten Journalisten. In China oder der Türkei? Nicht mehr sicher.

Der Countdown läuft: In weniger als 24 Stunden sind sie alle hier!

Bescherung

Bescherung! Bescherung!

Wobei … die Ankunft der Jungs als Bescherung zu bezeichnen, fühlt sich auch irgendwie falsch an. Weil das ja bedeutet, dass sie Geschenke sind. Also Objekte? Bin ich schon wieder Sexist? Sexistin. Alter. Wie viel man falsch machen kann. Muss Emily fragen. Aber mir fällt nicht das englische Wort für Bescherung ein.

Autos in der Einfahrt!

Am besten noch vier bis fünf Minuten ruhig im Zimmer warten. Und dann cool und lässig rausschlendern und alle wie ein Cowboy mit Handschlag begrüßen. Aber das wäre auch weird. Ich bin ja offensichtlich kein Cowboy. Mann. Die Aufregung benebelt mein Gehirn.

Mia, Teenboy-Dad, Fabi (der direkt von Gustav umgetackelt wurde) und: Tim! Er guckt sich suchend um. Vielleicht nach mir? Er ist so todescute. Wie sehr mir die braunen Wuschelhaare wieder gefehlt haben. Trotz der kurzen Trennung.

Awwww. Wie süß er in die Sonne blinzelt. Mist. Ich glaube, er hat mich beim heimlichen Beobachten erwischt! Hat in meine Richtung geguckt, gelächelt und die Hand gehoben. Nicht, dass er jetzt denkt, dass ich ihn stalke. Oder observiere.

Oh, jetzt ist gerade auch Free-Mountains-Family am Aussteigen. So viele Leute. Komplett überfordert.

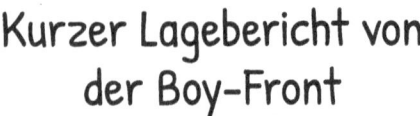

Kurzer Lagebericht von der Boy-Front

Geschafft!! Allen Hallo gesagt! Keine Stolperer! Keine Versprecher! Trotz benebeltem Geist maximale Lässigkeit an den Tag gelegt.

Also, nicht perfekt, aber sehr solide Begrüßung meinerseits über die Bühne gebracht.

Es war ein wilder Wirbel aus Händegeben, Umarmungen, Lachen, Hallos und zwischen allem lief eine glücklich kläffende Dobby mit freudig wedelndem Schwanz umher. Glücklicherweise wurde dieses Mal der potenzielle Rattenalarm, den Dobbys Auftreten bekanntlich ab und zu verursacht, dadurch umgangen, dass Opa ihr eine babyblaue Seidenschleife um den Hals gebunden hat. So sah sie zwar immer noch stark rattig aus, aber immerhin gezähmt, sodass sich niemand in Gefahr einer akuten Nagerattacke wähnte.

Zuerst wurde ich von Mia und Judy vereinnahmt, die mich beide knuddelten, als hätten wir uns seit D-Mark-Zeiten nicht gesehen. Fand ich sehr schmeichelhaft. Die beiden haben sich auch direkt super verstanden. Mit Mum bilden die echt ein supernices Kaffeekränzchentrio.

Dann war ich auf einmal drei Schritte von Tim entfernt. Er stand mit dem Rücken zu mir. Gerade als er sich in meine Richtung umdrehte, mir ein unglaublich süßes Lächeln zuwarf und, wie ich denke, einen Schritt auf mich zu machen wollte, wurde ich hart von der Seite angesprungen.

Tay! Mit breitem Grinsen hat er seine Footie-Arme um mich geschlungen und wollte mir gerade die Mütze vom Kopf wuscheln. Dank meiner superschnellen Wonder-Woman-Reflexe konnte ich die Mütze jedoch festhalten. Herzinfarkt, auf allen Seiten, durch Haarbloßstellung vermieden. Gott sei Dank.

Tims cute, große braune Hundewelpen-Augen guckten überrascht. Von Tay zu mir und mir zu Tay. Schon hatte Tay mich losgelassen und streckte Tim seine Hand zur Begrüßung hin.

Noch ein breites Lächeln von Tim in meine Richtung, bevor er mit Tay an seiner Seite Richtung Haupthaus ging.

Ich war verwirrt.

Tays Begrüßung war superrelaxt und sehr körperbetont. Aber Tim? Durch Tays unfreiwillige (?) Intervention haben wir noch kein Wort gewechselt. Aber da kann man ja nun auch keinen Beziehungsstatus reininterpretieren. Und die Verwunderung auf Tims Gesicht, als Tay mich angesprungen hat? Auch zu wenig zum Interpretieren. Argh.

Ich war völlig verwirrt und während Richard mich in eine herzliche Busch-Opa-Umarmung zog, konnte ich einen Blick auf Emily erhaschen. Die guckte genauso ratlos wie ich und zuckte nur mit den Schultern.

Frustrierend.

Aber besinnen wir uns auf das Positive: Immerhin nicht hingefallen, Mütze verloren oder von Oma bloßgestellt worden.

Lost Boys

Katastrophe. Mir fällt kein besserer Begriff ein. Da verbringen Em und ich Tage damit, uns Strategien zurecht zu legen und uns Tipps und Tricks durchzulesen, um die Boys zu handlen und dann: Ist da nichts zu handlen! Weil man die beiden nicht zu Gesicht bekommt.

Es scheint nämlich weder Tay noch Tim an mir oder Emily interessiert zu sein. No romance. Nur Bromance!

Tay und Tim beim Angeln.

Tay und Tim helfen Opa in der Küche.

Tay und Tim misten den Schweinestall aus.

Was kommt als Nächstes? Tay und Tim kaufen Haus und gründen Öko-WG? Tay und Tim auf intergalaktischer Raumfahrtmission?

Nicht nur, dass die beiden scheinbar keinerlei Interesse mehr an mir haben. Wer weiß, über was sie reden!

Was wenn Tim Tay meine Pinkelstory erzählt? Meine Bungalow-Peinlichkeit?

Oder wenn Tay Tim erzählt, dass wir geknutscht haben?

Es sind wirklich katastrophale Zustände hier. Selbst Em kann mich mit ihrer erwachsenen Rationalität nicht vorm Durchdrehen bewahren.

Ich hatte ja in meinen groben Masterplan einkalkuliert, dass vielleicht der eine oder der andere kein Interesse an mir zeigen könnte. Aber dass keiner von beiden auch nur im Entferntesten an mir interessiert scheint? Dass sie lieber Schweineställe ausmisten?

Wobei … sie ignorieren mich jetzt auch nicht. Wenn ich mal das kurze Glück habe, einen der beiden für dreißig Sekunden zu erwischen und in ein Gespräch zu verwickeln, sind sie so süß und liebenswert. Und dann: BOOM! Kommt der andere von Hinten angesprungen und zerrt den Gesprächspartner in den Wald, um Elche jagen zu gehen oder so.

Wie soll sich da irgendwas klären? Ich werde es nicht aushalten, hier nach Silvester wegzufahren und immer noch im Ungewissen zu sein. Em und ich haben für nachher eine Krisensitzung einberufen. Mal schauen, was uns so einfällt.

Protokoll Krisensitzung/
Boy-Bespitzelaktion

Eigentlich macht es gar keinen Sinn eine Krisensitzung einzuberufen. Als ob Em und ich nicht eh den ganzen Tag damit verbringen würden, die Boys zu analysieren und ihr Verhalten zu interpretieren. Insofern ist all day, every day eine Krisensitzung. Hmm.

Manchmal frage ich mich, ob es traurig ist, dass Em und ich so viel Zeit damit verbringen. Also mit Jungs-Observation. Immerhin könnten wir die Zeit auch nutzen einen Buchclub zu gründen. Über die Weltpolitik zu sinnieren. Eine Anti-Mobbing-Kampagne ins Leben zu rufen, um dann eines Tages im Weißen Haus zu stehen. Da geht schon viel Lebenszeit drauf.

Vor allem beschäftigt mich die Frage, ob sich Jungs auch so exzessiv mit sowas beschäftigen. Ich tippe auf nein. Andererseits war Tim in Bezug auf Alma immer die Quasselstrippe schlechthin. Aber vielleicht ist er eine Ausnahme?

Em und ich haben vorhin sogar versucht, mal undercover an die Jungs heranzucreepen und einen kleinen Lauschangriff zu starten. Die beiden waren am Schweinestallausmisten. Em und ich sind an die Rückseite des Stalles geschlichen, haben uns unterm offenen Fenster hingehockt und den Atem angehalten.

Hier das Gesprächs-Protokoll:

Tay: »She's so cute.« (Wilder Blickwechsel zwischen Em und

mir: Über wen reden sie? Über Em? Über mich?) »But also so ugly. Ugly cute!« (Reden sie über mich? Ugly cute? Niemand würde Emily je als ugly bezeichnen können. Hatten sie mich ohne Mütze gesehen?)

Tim: »Yeah! I want to take her and cuddle her and kiss her. But she has such bad breath.« (Schlechter Atem? Habe ich schlechten Atem? OMG. Deswegen hat er mich auf die Stirn und nicht auf den Mund geküsst?!)

Tay: »I think it's the food she eats. Too much meat.« (Zu viel Fleisch? Ich? Ich esse kein Fleisch! Was für eine Unterstellung. Außerdem putze ich zweimal am Tag die Zähne.)

Tim: »We should buy her some dog-treats for Christmas.« (Hundeleckerli? Sie wollen mir Hundeleckerli zu Weihnachten schenken?)

Wie respektlos. Wie fies! Ich war wutentbrannt. Furios wütend. Bereit den Schweinestall mit den beiden dem Erdboden gleichzumachen. Als ich Em anguckte, war die gerade dabei ein Lachen zu unterdrücken. Natürlich hatte sie gut lachen, niemand würde sie je als ugly-cute bezeichnen oder sich über ihren schlechten Atem lustig machen. Ein Todesblick von mir reichte, um sie verstummen zu lassen. Für eine Sekunde. Dann fing sie an, sich leise und stumm vor Lachen zu schütteln und kaum hörbar ein Wort zu buchstabieren:
»D-O-B-B-Y! DOBBY!« und Richtung des offenen Fensters zu gestikulieren. Da fielen die Schuppen von mei-

nen Ohren. Dobby. Die Jungs haben über Dobby geredet. Dobby. Dobby ist ugly-cute. Dobby hat Mundgeruch (und was für welchen – drei Tage alter Thunfisch meets Leberwurst). Dobby bekommt Hundeleckerli zu Weihnachten.

Ich war erleichtert. So erleichtert. Ich bin nicht ugly-cute, sondern potenziell cute-cute. Ich kann bei meiner Lieblingszahnpastamarke bleiben. Ich bekomme keine Hundeleckerli zu Weihnachten. Puh. Spricht schon für ganz schöne Selbstzentrierung. So jedes Gespräch auf sich zu projizieren. Aber so bin ich nun mal. In meiner Welt dreht sich grundsätzlich jedes Gespräch um mich. Zumindest vermute ich das. Genauso wie ich vermute, dass der Grund für den Lachanfall der Mädelsgruppe am anderen Ende des U-Bahn-Waggons ich bin. Oder wenn mir jemand entgegenkommt, vom Sonnenlicht geblendet wird und die Augen zusammenkneift. Da gehe ich auch direkt davon aus, dass die Person die Augen zusammenkneift, um mich kritisch zu mustern und die Mitesser auf meiner Nase zu zählen.

Ich bin wie der französische Sonnenkönig. L'état est moi – der Staat bin ich. Nur in meinem Fall: Der Grund für alles bin ich. Alles passiert als Reaktion auf meine Person und mein Verhalten. Absolute Verantwortlichkeit meinerseits für alles.

Boah. Voll die selbstreflektorische Offenbarung. Ich sollte in Zukunft vielleicht mal dran arbeiten. An meiner Wahrnehmung. Manchmal geht es halt mal nicht um mich. Sondern um Dobby. Zum Beispiel.

Immerhin: Erkenntnis ist der erste Schritt zur Besserung. Wie dem auch sei. Als mir das Ausmaß meiner Fehlvorstellung bewusst wurde, überkam auch mich der starke Drang, mir vor Lachen die Seele aus dem Körper zu shaken. Also sind wir leise und elegant wie zwei Wildsäue vom Schuppen weggerannt und haben in sicherer Entfernung gelacht, bis wir Bauchschmerzen hatten.

Morgen der offenen Karten

Emily hat recht. Ich lag gestern, wie erwartet, die ganze Nacht wach und habe mir Gedanken gemacht. Über mich und Tim.

Und ein bisschen über das ganze Plastik, das die Menschheit permanent so ins Meer kippt. Angeblich wird JEDE MINUTE EIN LASTER voll Plastik ins Meer geworfen. Also mengenangabentechnisch ein Laster. Kein wirklicher Laster.

Zurück zu Tim. Ems Optimismus hat mich angesteckt. Alles wird sich klären. Alles wird sich klären, weil ich es klären werde.

Ich werde Tim die Pistole auf die Brust setzen. (Genau wie beim Plastik-Müll-Laster spreche ich hier von einer symbolischen Pistole.)

Ein Gespräch. Alles klären. Ich bin bereit für jede Möglichkeit. Den schönsten Triumph. Die größte Enttäuschung. Hauptsache, keine Ungewissheit mehr.

Muss mich nur noch für das perfekte Outfit entscheiden und dann werde ich zu Tim marschieren und die Sache ein für alle Mal klären. Vorsichthalber leihe ich mir mal Mums wasserfestes Mascara aus.

Jetzt muss ich nur so schnell sein, dass ich nicht den Mut verliere und mich im Bett verkrieche.

Das ganze BnB ist wie leer gefegt. Die Erwachsenen sind mit dem ersten Hahneskrähen in die Stadt aufgebrochen, um hoffentlich zahlreiche und taugliche Weihnachtsgeschenke für uns zu besorgen.

OMG. OMG. OMG. Jetzt bin ich langsam echt nervös. Fuck. 1... 2... 3... los!

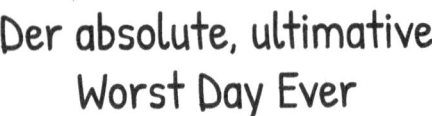

Der absolute, ultimative Worst Day Ever

Auf dem langen kahlen Baumstamm, der im Sand liegt, saßen zwei Personen.

Emily. Und Tim. Die Rothaarige und der braune Wuschelbär. Mein braunhaariger Wuschelbär.

Arm in Arm. Nebeneinander. Sie schienen miteinander zu lachen.

Mein Herz ist zerbrochen. Ich weiß, wie hart-klischeehaft sich das anhört. Aber in dem Moment, als ich die beiden so eng nebeneinander sah, war ich mir sicher, dass meine Brust gleich in sich zusammenfallen würde.

Einen Augenblick stand ich dort, wahrscheinlich mit offenem Mund und komplett verrücktem Ausdruck. Ich war so wütend und verunsichert und wusste nicht, was los war. Wie konnten Emily und Tim soo schnell so vertraut geworden sein? So Arm-in-Arm-mäßig? Was war mit Alma? Was war mit mir? Was sollte der Scheiß? Eine klitzekleine Stimme der Vernunft versuchte noch, verschiedene Lösungsvorschläge anzubieten. Vielleicht gab es eine nicht-romantische Erklärung? Eine, die mir nicht das Herz brechen würde?

Und dann küsste Tim Emily. Auf die Wange. Und Emily lachte ihr strahlend-schönes Emily-Lachen. Mit den Sommersprossen.

Wie konnte ich nur so blind gewesen sein?? Natürlich verliebt sich jeder Junge mit Augen im Kopf in Topmodel-

Emily. Und natürlich steht sie auf Tim ... es gibt keinen cuteren Boy. Wie bin ich nur daraufgekommen, dass diese dumme Kuh es ernst gemeint hat. Ihren ganzen Talk über Feminismus und Solidarität und Girlpower und Unterstützung. Was für eine unglaublich falsche Schlange. Wie hart ich auf sie reingefallen bin.

Natürlich passt sie voll perfekt zu Tim. Er mit seinen Sommersprossen, Wuschelhaaren und Hundeaugen und sie mit ihrer roten Scheiß-Pracht-Mähne und ihren eigenen supercuten Sommersprossen. Wie kann jemand wie ich, der aussieht wie die kleine Schwester von Angela Merkel, da mithalten? Mit meiner dummen Mütze. Wahrscheinlich hat Emily Tim von meinen Haaren erzählt. Wahrscheinlich waren sie deswegen am Lachen. Was für ekelige hinterhältige Menschen.

Als die ersten Tränen meine Wangen runtergekullert waren (und mein Rouge und Mascara versaut haben), drehte ich auf der Stelle um. Rannte nach Hause. Und jetzt schreibe ich und weiß nicht, was ich tun soll. Ich könnte alle erwürgen. Die Vorstellung, heute zum Mittagessen mit Emily und Tim am Tisch zu sitzen und ihre übertrieben hinterhältige Verliebtheit mit ansehen zu müssen? Unmöglich. Das halte ich nicht aus. Dann fange ich sofort an zu weinen und die Genugtuung gebe ich ihnen nicht. Niemals.

Wütend und ratlos

Was mache ich? Was mache ich??

Ich fühle mich wie in der dritten Klasse, als ich innerhalb von zwei Minuten beim Fußballspielen in der Pause erst den Ball in den Magen und dann ins Gesicht geballert bekommen habe. Als hätten Tim und Emily mir einfach fett in den Bauch geboxt. Ohne Rücksicht auf Verluste. Dazu kommt bodenlose, tiefseetiefe Verzweiflung. Und Wut. Und auch wenn es vielleicht keinen Sinn ergibt, ist es mir so peinlich. Ich hatte Emily mein Herz ausgeschüttet. Und jetzt sitzt sie da und knutscht Tim, der natürlich auf so eine rothaarige Topmodel-Amazonen-Kreuzung steht. Wahrscheinlich lachen sie zusammen. Über mich.

Bestimmt hat Emily ihm erzählt, dass ich in ihn verliebt bin. Dass ich ihn erobern wollte. Haha. So lustig! Wie verblendet Maja ist!! Haha. Sie halten sich bestimmt den Bauch vor Lachen, dass ich so dumm war zu denken, Tim würde auf mich stehen. Diese beiden Bitches.

Langsam muss ich mir echt überlegen, was ich mache. Der Papierkorb quillt über vor tränengetränkten Kleenexen. Kleenexes. Scheiß-Mini-Papierkorb. Scheiß-alles. Scheiße. Scheiße. Scheiße.

Optionen:

1. <u>Nichtstun.</u> Das Gesehene ignorieren. Gute Miene
zum bösen, bösen Spiel. Kill them with kindness.
Wie die liebe Selena so schön vorschlägt. Emily
einen Schlangen-Ring schenken zu Weihnachten.
Taylor-Style.

PROBLEM: Unmöglich. Wenn Emily mir nochmal
näher als eine Faustschlaglänge Abstand kommt,
boxe ich ihre hübsche kleine Nase mit den hübschen
kleinen Sommersprossen.

2. <u>So tun, als würde ich nichts tun.</u> Dann heimlich das
Essen vergiften. Fette Portion Romeo und Julia für
die beiden Verräter.

PROBLEM(E): Schwer kontrollierbar. Also, so Gift
im Essen. Könnte unschuldige Schleckermäuler
erwischen. Auch sehr illegal. Bin kein
Knastmaterial. Nimmt Tim die Chance, zu
erkennen, was Emily für eine dumme Kuh ist, und
sich für mich zu entscheiden. Außerdem, Mord.
Vollkommen uncool. Würde dann wahrscheinlich
selbst an schlechtem Gewissen sterben.

3. <u>Haus anzünden.</u> Feuerzeug, Streichhölzer und
Grillanzünder bei Emily unterm Bett verstecken.
Ich lösche heroisch das Feuer. Emily wird
festgenommen und verknastet. Tim erkennt, dass
ich mutig und selbstlos bin. Perfekt.

PROBLEM: Angst vor Feuer.

<u>4. Abhauen.</u> Den Kopf freikriegen. Alles hinter mir lassen. Neuanfang. Am besten auf Bali. Ich mache eine Yoga-Schule auf. Werde durch die Erfahrung und Verarbeitung der Erfahrung weise, reif und hoch angesehen von meinen Schülern. Wise Maja.

PROBLEM: Kein Geld für Flugticket. Zu jung, um Guru zu sein?

Aber grundsätzlich ist die Idee gut. Weg. Damit niemand meine verquollenen Augen sieht. Und ich nicht nett zu bösen Menschen sein muss. Weil die Natur offensichtlich guttut. Jeder der Schicksalsschläge erlebt und dann pilgert/ wandert, kommt immer so happy und erleuchtet zurück. Die Erwachsenen sind eh unterwegs. Die bekommen gar nicht mit, wenn ich weg bin. Und Tim und Emily sind bestimmt zu beschäftigt damit, sich zu begrabbeln und über mich lustig zu machen, als dass sie irgendetwas mitbekommen würden. Gustav lege ich eine Packung Timtams aufs Bett. Dann verhungert er nicht, wenn Emily und Tim ihn und Fabi aus Liebeslust vernachlässigen. Egoistische und herzenskalte Bitches.

Also weg!

Rucksack, Tagebuch, Stift, Trinkflasche, Schoki, Pulli und Taschenmesser. Das sollte reichen.

Ich bin dann mal weg und komme nie wieder und dann weinen alle.

Pause

Puh. Weglaufen ist echt ganz schön anstrengend. Besonders bei der Hitze. Sheesh. Ganz außer Atem.

Als ich mit Rucksack über der Schulter am Wegstürmen war, kam Emily mit breitem, ekeligem Grinsen im Gesicht auf mich zugelaufen:

»Majaaaa … wait!«

Ich bin einfach weiter, aber sie hat sich mir in den Weg gestellt. Saudreist. Habe sie mit Karacho in den Kompost geschubst. Mit Absicht. Diese treulose Tomate verdient es, mit ihresgleichen in der brutalen Mittagshitze vor sich hinzurotten. Außerdem ist ein Kompost weich und ernsthaft verletzen wollte ich sie auch nicht. Sonst muss ich noch vor Gericht und das ist die dumme Bitch echt nicht wert.

Während diese Schlange versuchte sich aus dem dampfenden Misthaufen zu kämpfen, bin ich davongesprintet. Ab in den Wald. Direkt hinter Bruce' und Opas Grundstück verläuft ein alter, verlassener Wanderweg. Perfekt. Im Wald ist die Hitze einigermaßen erträglich.

Bin jetzt an einer Stelle, wo der Weg einen Fluss kreuzt. Einen ziemlich tosenden Fluss. Bruce hat davon erzählt, dass das normalerweise nur ein kleines, süßes Bächlein ist, aber die starken Regenfälle der letzten Tage haben das Ganze scheinbar etwas dramatisiert.

Er sieht gefährlich aus und ich habe nur sehr wenig Lust, mein Leben bei einer Flussüberquerung zu lassen. Immerhin kann ich meine Füße ins Wasser halten, während ich weiter überlege. Eiskalt. Perfekte Erfrischung.

Vielleicht sollte ich am Fluss entlangwandern und hoffen, irgendwann auf eine Brücke zu stoßen?

Eigentlich echt idyllisch hier. Das Rauschen ... Vogelgezwitscher.

Die Bäume rascheln leise im Wind ... Vielleicht bleib ich auch erst mal hier.

SHIT. Ich glaube, ich habe meinen Namen gehört. Irgendwer ist mir nachgelaufen.

Shit. Der irgendwer ist Tim. Wahrscheinlich will er mich zur Sau machen, weil ich seine Angebetete Emily in den Kompost geschubst habe. Oder bestimmt will er ihre Ehre verteidigen oder ... Oh nein. Das Rufen kommt näher. Ich muss mich verstecken.

So much drama

Die Ereignisse haben sich mit einer Geschwindigkeit überschlagen … ich muss erst mal klarkommen. Durchatmen. Mich von der Sonne wärmen und trocknen lassen. Meine Hand zittert beim Schreiben immer noch ein bisschen.

Meine Pause am Fluss wurde ja durch Tims näher kommendes Rufen unterbrochen. Habe versucht mich zu verstecken. Was recht tricky war. Ich war ja nun nicht gerade in Tarnfarben unterwegs und so viel Sichtschutz bieten Farne und Baumstämme dann auch nicht.

Konnte Tim aus der Ferne näher kommen sehen. Er mich leider auch.

»Maaaajaaaaa! Da bist du jaaaaa! Alter, warte mal!!«

Ähm, nein! Definitiv nicht. Ich konnte meiner Scham und Schande nicht ins Auge blicken. Zumal der Anblick von Tim mit seinen Wuschelhaaren zu Instant-Flashbacks der Emily-Tim-Szenen führte und ich die Tränen in meine Augen schießen fühlte.

»Maaaann, Maja! Ich kann dich sehen! Hör auf dich zu verstecken. Was zum Teufel ist los mit dir? Wieso hast du Emily in den Misthaufen geschubst?!«

War ja klar. Dumme Petze. Und natürlich ist er auf ihrer Seite.

»Lass mich in Ruhe! Dreh um!«

Aber ich hab gemerkt, dass der Gute keinerlei Anstalten machte, sich umzudrehen und mir meinen Peace zu gönnen.

Also Plan B.

B wie Bächlein. Nur dass das Bächlein jetzt halt ein tobender Strom war.

Tim kam immer näher. Noch war er im Wald, aber bald würde er auf der Lichtung am Fluss sein. Und ich wollte auf keinen Fall, dass er mich heulen sieht.

Also ab durch die Fluten, auf die andere Seite. Dass das ein massiver Fehler war, habe ich gemerkt, als ich hüfttief im Fluss stand. Das Wasser war nicht nur arschkalt, polararschkalt, sondern auch ultrastürmisch. Es hat mich alle Kraft gekostet, irgendwie die Balance zu halten und nicht von der Strömung weggerissen zu werden. Die Steine im Wasser waren superslippery. Aber ich konnte Tim am Ufer sehen und umkehren und wie ein begossener Pudel vor ihm stehen? Never.

Mittlerweile konnte ich wegen des tosenden Rauschens nichts mehr verstehen … Tim war wie wild am Schreien und Fuchteln. Ich betete inständig, dass er klüger als ich wäre und verdammt noch mal nicht ins Wasser gehen würde.

Ich war immer noch hart am Struggeln. Die Strömung riss an mir wie ein großes tollwütiges Walross. Dazu muss man sagen, dass das Überwasserhalten meines Rucksackes das Ganze stark erschwerte. Aber mein Tagebuch mit allen Erinnerungen den Fluten auszuliefern kam auch nicht infrage. Als ich endlich auf der anderen Seite war, war ich für einen Moment so hardcore von Dankbarkeit und Glück überwältigt, dass ich komplett vergessen hatte, warum ich überhaupt nass und durchgefroren am Ufer eines neuseeländischen Bächleins stand. Geschafft! Überlebt! Jackpot!

Für einen Moment hatte der Überlebenskampf meinen Kopf wunderbar von jeglichen anderen Problemen befreit.

Aber da war ja noch Tim. Der jetzt Anstalten machte, sich ebenfalls in den Fluss zu stürzen. Scheiße.

»NEEEIN! Bleib da! Das ist saugefährlich.« ARGH.

Tim ist natürlich trotz meiner Warnung ins Wasser. In diesem Moment zweifelte ich hart an seinen geistigen Fähigkeiten. Wollte gerade meinen Rucksack schnappen und meine Flucht fortsetzen, als ich aus dem Augenwinkel sehen konnte, wie Tim plötzlich komplett im Wasser verschwand. Was keinerlei Sinn machte. Er ist größer als ich. Ich sah eine Hand und kurz wieder seinen Wuschelhaarkopf für einige Sekunden auftauchen. Und dann war er schon wieder weg.

Doppelscheiße und Doublekack. Tim war am Ertrinken! Shit. Shit.

Was tun? Rettungsreifen, Lifeguards und Heli sind im neuseeländischen Wald eher rar. Meine eigenen Lifeguard-Skills: nicht vorhanden. Einfach dumm hinterherspringen? Potenziell auch kontraproduktiv. Vielleicht eine romantische Geste, aber recht weit oben auf der Dumm-Skala. Ich hatte ja nur Sekunden zum Überlegen. Gott sei Dank konnte Tim mittlerweile, mit vermutlich großer Anstrengung, den Kopf über Wasser halten.

»Keine Angst, ich rette dich!« (Eine sehr selbstbewusste Aussage, die keinesfalls von eigener Überzeugung gedeckt war.)

Zwischen all den panischen Flüchen, die mittlerweile leicht mein Gehirn benebelten, kam immerhin ein kluger, klarer Gedanke durch. Rettungsring. Oder eher, einen Rettungsringersatz, denn warum auch immer liegen die hier nicht einfach an jeder Ecke herum. Ein Zustand, den man echt mal ändern sollte!

Während mein Herz weiter mit panischem Klopfen den Beat zur ganzen Aktion lieferte, suchte ich wie ein Trüffelschwein die Gegend ab. Und dann sah ich ihn, ein großer, stabil aussehender Ast. Stabil genug, um Tim zu halten und leicht genug, um von mir zum Retten geschleppt zu werden.

Schlepp, schlepp, so schnell es ging zum Wasser. Ich konnte Tim sehen, der sich mittlerweile an einem größeren Stein im Fluss festhielt. Links und rechts von ihm das tosende Wasser mit seiner reißenden Strömung.

Wie durch ein Wunder schaffte ich es tatsächlich, ihm den Ast zuzuwerfen. Natürlich nicht ganz. Das hintere Ende umklammerte ich, als ginge es um Leben und Tod. Was gar nicht mal unrealistisch war. Ich stellte mich zwischen die Steine am Ufer, um möglichst viel Halt zu haben.

Tim bekam das rettende Holzstück zu fassen und während er seinen sicheren Stein losließ, zog er sich am Ast entlang Richtung Ufer. Zu mir. Ich dachte, meine Arme würden abreißen. Oder ich würde direkt mit ins Wasser gezogen werden.

Und dann, auf einmal, nach gefühlten Stunden des Zerrens (das, rückblickend, nicht mal eine Minute gedauert haben kann), konnte ich Tim die Hand entgegenstrecken, den Ast loslassen, der in Sekunden im tobenden Fluss verschwand, und mit einem großen Klatsch fielen wir wie zwei Luftmatratzen, aus denen plötzlich die Luft raus ist, in den Sand am Ufer.

Mir dämmerte es dann: Was für krasses Glück wir hatten. Wie unglaublich dumm erst meine und dann Tims Aktion (Aktion = Flussüberquerung) gewesen war. Soo dumm. Soooo dumm.

Warum eigentlich?

Ach ja. Emily und Tim. Hatte ich fast wieder vergessen. Als mir der Gedanke zurück in den Kopf geschossen war, war ich direkt wieder ein bisschen pissed.

»Alter, Maja, ey. Also ... danke fürs Retten!«

Tim sah so hübsch aus. Ich konnte ihm kaum in die Augen gucken. Seine Wuschelhaare waren pitschnass, er hatte eine Schramme am Kinn und ein wütendes Funkeln in den Augen.

»Also echt danke, aber was zum Teufel ist los mit dir? Emily in den Misthaufen schubsen, ohne ein Wort abhauen, sich durch einen tödlichen Fluss kämpfen, um nicht mit mir zu reden? Was soll der Scheiß? Hab ich dir irgendwas getan?«

Er war echt wütend. Sehr wütend. Leider steht ihm das verdammt gut. Sehr verwegen und rough. Aber vor allem todespissed.

Natürlich todespeinlich. Für mich. Unendlich peinlich. Was sagt man in so einer Situation?

Vielleicht: Hey, Secret Crush. Heute Morgen habe ich dich ein anderes Mädchen auf die Wange küssen gesehen. Deswegen habe ich sie in den Mist geboxt, bin geflüchtet, habe mein Leben aufs Spiel gesetzt und wollte dann für immer im Neuseeländischen Wald verschwinden. Oh, und btw, ich bin hardcore in dich verknallt.

Nicht so optimal. Die Wahrscheinlichkeit, dass Tim mich dann für richtig hart gestört hält: eher hoch.

Aber mit den Schultern zucken und ... öhm ... keine Ahnung ... sagen? Auch keine wirkliche Option.

AWKWARD. Mal wieder wäre ich gerne ein Strauß gewesen und hätte meinen Kopf ganz, gaaanz tief im Sand vergraben. Ich habe auch kurz überlegt, mich zurück in den Fluss zu werfen. Ganz kurz. Viel zu risky. Nachher hätte ich Tim wieder rausziehen müssen. Oder diesmal er mich.

Tim hat mich währenddessen natürlich weiter, sehr fragend, angeguckt. Oder angestarrt. Unter anderen Umständen hätte mir dieses starke Interesse ja echt geschmeichelt. Aber jetzt war es eher so: Guck weg! Geh weg! Geh weg mit deinem hübschen Gesicht und deinen perfekten Haaren.

Manchmal muss Frau Anlauf nehmen und springen. Jetzt nicht im Sportunterricht, sondern im übertragenen Sinne. Here goes nothing.

»Du hast Emily geküsst.« (Puh. Die schwersten vier Worte.)

Tim holte seine altbewährte Taktik raus: Kritisches Augenbrauenhochziehen. Wo war mein Tacker?

»Du hast Emily geküsst, und ...«

»Ja, und? Meinst du heute Morgen? Wenn ich mich recht erinnere, habe ich sie auf die Wange geküsst. Rein freundschaftlich. Sie hat mir bei was geholfen.«

»Hm ...« (Mehr Silben und Inhalt kamen mir nicht über die Lippen. Musste erst mal dieses Wort verdauen. Freundschaftlich. Tim hat Emily freundschaftlich auf die Wange geküsst. Heißt das im Umkehrschluss: keine romantischen Gefühle?? Was wiederum heißen würde, dass ich eventuell a) vollkommen falsch interpretiert und b) vollkommen überreagiert hatte.)

Ich traute mich nicht, Tim anzugucken.

Als wäre die Awkwardness nicht schon längst bei Level 30 000 angekommen, machte er auf einmal komische Geräusche. Da ich ja gerade dabei war, ihn NICHT ANZUGUCKEN, dachte ich erst, er würde Weinen. Tim am Weinen, aus Dankbarkeit, dass ich ihn gerettet hatte? Keine schlechte Vorstellung.

Aber nein. Der Gute war am Lachen. Oder eher dabei, ein Lachen zu unterdrücken. Sehr unerfolgreich.

Was gab es denn hier bitte zu lachen?

»Maja … sag mal. Bist du eifersüchtig? Auf Emily?«

Mittlerweile war er ganz rot angelaufen. Ich war furios wütend. Was für eine Unterstellung. Was für eine Anmaßung. Mit der nötigen Portion Empörung deliverte ich meine superausgefeilte Antwort.

»Ich? Eifersüchtig? Auf Emily? Pah. Never. Warum sollte ich eifersüchtig sein? Was für ein Bullshit …«

Tim hatte sich einigermaßen eingekriegt, Kopf noch hochrot, aber das dreiste Lachen war in ein leichtes Grinsen übergegangen.

»Hör gefälligst auf zu grinsen. Du. Blödian!«

Schlechte Wortwahl. Ganz schlechte Wortwahl.

»Blöööödian?!« Das Grinsen war wieder zu einem vollen Lachen geworden. »Aus welchem Jahrhundert kommst du eigentlich? Was für ein nices Wort.«

Da lässt sich auch nichts verteidigen. Schlechte und sehr kontraproduktive Schimpfwortwahl. My Mistake.

Auf einmal wurde er dann ganz ruhig. Richtig ernst. Große ernste Hundewelpen-Augen.

»Hey, also, ich lach ja gar nicht über dich. Im Gegenteil. Ich freu mich. Em war bei mir, um mir mal 'nen Arschtritt zu verpassen ... beziehungsweise mir Mut zu machen. Mit dir zu reden.«

... Pause ...

Mein Herz pumpte wie verrückt.

Oh mein Gott. Serious shit.

Ich stellte mich emotional aufs Schlimmste ein. Hatte er mich ohne Mütze gesehen? Für immer verbannt in die Friendzone?

»Maja, ich mag dich sehr gerne. Sehr, sehr gerne. Als Tay mir erzählt hat, dass ihr euch geküsst habt, war ich soo eifersüchtig ... und ...«

(Tim ... eifersüchtig auf Tay! Ich hab's gewusst, also damals in Byron Bay. Hah.)

»... und was ist mit Alma?« Die Worte rutschten mir so schnell raus, dass ich erschrocken die Hand vor den Mund schlug. Ups.

Tim schüttelte leicht den Kopf. »Alma und ich sind Freunde. Wir haben geredet, sie war cool. Sie *ist* cool ... hat verstanden, dass da jemand ... Mann, Maja, muss ich das jetzt echt buchstabieren? Ich mag dich. Sehr.«

Und bevor ich Tims Aussage weiterverarbeiten konnte, hatte er sich zu mir gebeugt und mich geküsst. Nicht auf die Stirn wie am Strand in Australien. Nicht auf die Wange wie

Emily. Auf den Mund. Ich wiederhole: TIM HAT MICH
AUF DEN MUND GEKÜSST.

Und ich habe ihn zurückgeküsst. Er hat so weiche Lippen und schmeckte nach Zahnpasta und etwas Flusswas-
ser. Ich konnte mir nichts Perfekteres vorstellen.

Ich wollte, dass es nie aufhört. Ich hätte ewig dort bleiben können, Sand und Farnzweige in den Haaren, langsam
trocknend in der heißen Sonne, die mittlerweile so weit ge-
wandert war, dass sie uns ins Gesicht schien. Es hätte nicht
schöner sein können.

Jetzt liegen wir hier, Tim döst etwas vor sich hin und ich
schreibe und beobachte ihn.

Ups, er ist aufgewacht und hat mich beim Beobachten
erwischt. Ich höre Rufe.

Happy Ending

»MAAAAAAJAAAAAAAAAA!!! TIIIIIIIIIMMMMM!!«

Diese glockenhelle Stimme konnte nur Emily gehören.

»TIIIIIIIMMYBOOOY! MAAAAAAJAAAAAAA!«

Definitiv Tay. Timmyboy ist sein Spitzname für Tim.

Ich war trotz der kurzen Unterbrechung immer noch voll auf Wolke Sieben, im emotionalen Himmel und auf rosa Marshmallows gebettet, als sich plötzlich eine kleine Erinnerung in mein Gehirn schlich: Ich. Em. Ein Misthaufen. Em im Misthaufen.

»Tim, ähm. Meinst du, Em hasst mich jetzt? Ich hab sie schließlich ohne Grund in den Misthaufen geboxt!«

Tim sah vollkommen selig aus.

»Maja, nein. Ich denke, sie verzeiht es dir. Aber lass mal losgehen, nicht, dass die auch noch ein kleines Flussdrama erleben!«

Bevor wir Em und Tay mit lautem Rufen auf uns aufmerksam machten, habe ich Tim noch einen letzten dicken Kuss gegeben. Ein letzter dicker Kuss am Fluss. Es wird insgesamt nicht der letzte gewesen sein!

Wie Em uns dann über das Rauschen des Wassers gestikulierend mitteilen konnte, befindet sich etwa 300 Meter weiter flussabwärts eine kleine Hängebrücke. Ja. Es gibt eine Brücke. Und ja. Das ganze Beinahe-Ertrinken-Drama hätten wir uns sparen können. Und nein, ich bereue es trotzdem nicht.

Tay und Em waren überglücklich, uns wohlbehalten vorzufinden. Em ging direkt auf Tim zu und hat ihn, nach einem Blick in unsere Gesichter, mit einem begeisterten WOHOOOO gehighfivet. Dann nahm sie mich so fest in den Arm, dass ich nicht mal mein »Sorry« fertig sagen konnte.

»You're really stupid, but I love you, girl!«

Puh. Ich war erleichtert. SO ERLEICHTERT. Ich hatte gerade Luft geholt, um Em zu sagen, dass ich sie auch ganz dolle lieb hatte, als sich zwei große Arme von hinten um uns legten und Tay jeder von uns einen Kuss auf die Wange drückte. »I love you, too, my darlings!« Nur um dann zwei Sekunden später Tim anzuspringen und auch ihm mit einem »And you!« einen dicken Kuss zu geben. Tim strahlte über beide Ohren.

»Let's go home.«

Und als wir da so zusammen durch den Wald schlenderten, wäre mein Herz fast geplatzt.

Immer wieder musste ich die drei angucken, immer wieder hüpfte mein Herz mir bis zum Hals.

Meine schöne, loyale und witzige Em, die sich bei mir untergehakt hatte und mich von der Seite angrinste.

Mein singender Blondie-backender Tay, der nun wieder Em den Arm um die Schulter gelegt hatte und mit großen Augen der Erzählung lauschte, wie ich Tim aus dem tosenden Fluss gerettet hatte.

Tim. Der jetzt neben mir ging, mich eng an sich gezogen hatte und mir immer wieder einen kurzen Kuss auf die Wange drückte. Mein Teenboy. Mein Tim. Mein Boy.

Liebe hat viele Gesichter.

Danksagung

Zuerst einmal ein dickes, fettes Dankeschön an dich – fürs Lesen, fürs Zuhören, für unsere gemeinsame Reise!

Als ich 12 Jahre alt war, ging es los: ein Jahr um die Welt Backpacken mit Mama, Papa und meinem kleinen Bruder Jonas. Es war eine wunderbare Zeit, voller verrückter Erlebnisse und toller Menschen. Treu begleitet hat mich in der Zeit ein gelbes Notizbuch, das meine Mitschülerin Margo mir zum Abschied geschenkt hatte: für deine schönsten Erlebnisse.

Wie Maja hielt ich fortan all die kleinen und großen Erlebnisse, Erfahrungen und Gedanken fest. Nach dem Abi hatte ich Glück, noch einmal den Rucksack packen zu können, und gemeinsam mit meinen Freundinnen Anne und Merle die Welt unsicher zu machen. Dieses Mal füllte sich ein kleines blaues Heft, das meine große Schwester mir geschenkt hatte, mit absurden Situationen, lustigen Sprüchen, Namen und Rezepten.

#travelgirl ist eine wilde Mischung aus diesen Erlebnissen und Erfahrungen, Begegnungen mit wundervollen, interessanten Menschen, Träumen und bunter Fantasie.

Ein riesiges Dankeschön geht raus an die wunderbare Katharina Lotz für die tolle Zusammenarbeit. *#travelgirl* hat bei dir genau in die richtigen Hände gefunden! Danke für deine klugen Gedanken, Anmerkungen und Ideen. Und natürlich ein riesiges Dankeschön an das ganze Team von

Thienemann-Esslinger/Planet!. In der 7. Klasse habe ich im Deutschunterricht ein Referat über mein damaliges Lieblingsbuch »Handyliebe« von Bianka Minte-König gehalten. Hätte man mir damals erzählt, dass einmal ein Buch von mir bei euch erscheint, wäre ich wahrscheinlich in Ohnmacht gefallen. Selbst jetzt wirkt es immer noch wie ein Traum – danke!

An dieser Stelle auch danke an Sandra Taufer für die wunderschöne Covergestaltung!

Vielen Dank auch an Gerd Rumler und sein Team in München für die liebe Unterstützung!

Jannes Heuer, du glaubst nicht, wie sehr ich es schätze, dass du dich damals nicht nur durch das Manuskript gekämpft hast, sondern auch noch mehrere Zettel voll sehr guter und hilfreicher Notizen zusammengeschrieben hast – danke! <3

Danke auch an Ulli Sililo für das superliebe Feedback zum Buch.

Danke an Arman Uderzo für die Abende in Thailand am Pool und dein tägliches Nachfragen, wie es mit dem Buchschreiben läuft!

Chris, vielen Dank für deinen Support und deine Begeisterung – ich hoffe, ihr macht auch noch eure Reise!

Ein riesiges Danke an Larissa und Vera – die Original-Tildas, die mich, seit ich denken kann, durchs Leben begleiten und mich damals, als ich mit Eltern und Brüderchen um die Welt tourte, mit lebenswichtigen Neuigkeiten aus dem Fuchsbau versorgten.

Anne Schlombs und Merle Flitter – danke für ein wunderbares, aufregendes Jahr nach dem Abi und die unzähligen Erinnerungen: ob räuberischer Affenangriff, Tanzen im Vollmondlicht, Erdbeben oder stundenlanges Philosophieren über das Leben.

Fettes Dankeschön auch an Max Kullmann für deine Freundschaft und den Ehrenbruder-Support in allen Lebenslagen!

Natürlich auch ein riesiges Danke an meine liebe Partnerin in Crime Amanda Hintz und unsere wundervolle »Puppies and Crime«-Community. Ihr seid wunderbar!

Bei meiner großen Schwester Mareile möchte ich mich für all die schönen Bücher und die interessanten Gespräche bedanken <3.

Jonas, kleines Bruderherz. Bitte entschuldige, dass ich einige unserer (deiner) Kindheitstraumata beim Schreiben ausgeschlachtet habe. Ich liebe dich.

Mama und Papa. Danke für den Mut, ein Jahr mit uns um die Welt zu reisen. Es war ein unvergessliches, verrücktes und perfektes Jahr. Danke für all die Unterstützung, die Bücher, die Haarschnitte und die Liebe.

Und danke an Sipho: für alles.

Bruns, Marieke
#travelgirl – Liebe geht auch ohne Likes
ISBN 978 3 522 50731 8

Umschlaggestaltung: Sandra Taufer, München
unter Verwendung von Bildern von mila_leev/Shutterstock.com; windesign/
Shutterstock.com; Eva Kali/Shutterstock.com; MG Drachal/Shutterstock.com;
Daryna Khozieieva/Shutterstock.com
Innentypografie: Kadja Gericke
Reproduktion: DIGIZWO GbR, Stuttgart
Druck und Bindung: CPI Books GmbH

© 2022 Planet! in der Thienemann-Esslinger Verlag GmbH,
Blumenstraße 36, 70182 Stuttgart
Bei Fragen zum Produkt: service@thienemann.de
7. Auflage 2025
Dieses Werk wurde vermittelt durch die Autoren- und Projektagentur
Gerd F. Rumler (München).
www.thienemann.de